"J'ai horreur de perdre!" avoua Valentine

"Surtout devant un homme!" répliqua Gilles. "Un homme qui, de surcroît, a affecté l'indifférence à votre égard!" affirma-t-il avec un sourire complice.

Tout à coup, mû par une impulsion irrésistible, Gilles caressa la joue de sa compagne.

"Nous devions nous revoir," murmura-t-il d'une voix rauque. "J'en avais le pressentiment…"

"Moi aussi."

Cependant, l'étonnement perçait dans la voix de Valentine. Alors, Gilles se pencha et se mit à l'embrasser avec une ardeur farouche.

D0755151

DANS HARLEQUIN ROMANTIQUE

Pamela Kent
est l'auteur de

Le rocher des adieux

Pamela Kent

Harlequin Romantique

PARIS • MONTREAL • NEW YORK • TORONTO

Publié en novembre 1983

ISBN 0-373-41221-5

Dépôt légal 4e trimestre 1983
Bibliothèque nationale du Québec et Bibliothèque nationale
du Canada.

Imprimé au Québec, Canada—Printed in Canada

1

Debout sur la falaise, Valentine écoutait la musique languissante de la mer. Elle se souvint de ces lointaines journées d'été, où Roxanne et elle croyaient reconnaître dans ce murmure nonchalant le chant envoûtant des sirènes...

La jeune fille se retourna vers la maison. Exactement comme dans son souvenir, la bâtisse lui apparut légèrement de guingois. La tour grise et crénelée, qu'elles avaient baptisée donjon, se détachait, un peu inclinée, contre le bleu du ciel. Valentine remonta lentement le sentier. Même la porte d'entrée, monumentale dans son encadrement de pierres, paraissait vaguement de travers. Au-dessus de l'arche qui commençait à s'effondrer, veillaient toujours les trois faucons, emblème des armoiries de Bladon.

Cette figure réapparaissait sculptée dans la pierre en de nombreux endroits ; on la retrouvait même gravée sur tout le mobilier des Bladon, les anciens propriétaires.

Valentine longea les jardins, maintenant à l'abandon. A une certaine époque, ils avaient pourtant fait l'admiration de tout le voisinage, avec leurs pelouses lisses et leurs arbustes bien taillés. Le verger était célèbre dans toute la contrée pour ses pommes rouges et ses poires fondantes ; la roseraie, à cette saison, embaumait. Il y avait aussi des serres, des pépinières, un grand potager. Et, dominant la mer, les immenses pièces de la maison s'emplissaient du vacarme ininterrompu des vagues, et s'illuminaient de l'étrange lumière que lui renvoyait la surface des eaux.

Valentine s'arrêta devant les marches du perron. Inutile de frapper : la maison était vide, elle le savait. Selon les informations de Mme Duffy, de nouveaux gardiens devaient arriver dans une semaine, et ils auraient la charge de tout remettre en ordre pour le retour de Richard.

Ces deux années d'aventure dans les forêts du Brésil l'auraient-elles changé ? Cet homme instable semblait incapable de jouir d'une vie paisible dans sa propriété. Comblé par la vie, il avait toujours eu tout ce qu'il désirait. Pourtant, Roxanne s'était refusée à lui, et sans doute n'arrivait-il pas à surmonter cet échec sentimental. *Bladon's Rock* aurait pu exercer sur lui une influence bénéfique, et peut-être le consoler. Valentine adorait cette vieille maison riche de souvenirs. Pourquoi Richard ne profitait-il pas de ce cadre merveilleux pour écrire ses pièces de théâtre ? Avait-il abandonné ce projet ? Il aurait pu aussi se consacrer à la culture de ses terres, y faire pousser tomates, fraises, framboises, laitues...

N'aurait-il pas aimé mettre en valeur toutes ces étendues fertiles ? Avec quelle fierté il aurait vu alors les produits de son exploitation transportés par camions entiers pour être vendus au marché local ! Et aussi à Londres, pourquoi pas ? Et puis, les habitants du coin auraient été contents de travailler pour lui...

Mais Richard était trop riche pour avoir besoin de se livrer à des activités lucratives. Ce genre d'entreprise n'aurait été qu'un jeu pour lui. Il avait d'ailleurs parfaitement conscience de sa situation, et éprouvait toujours la nécessité de justifier le moindre de ses actes. S'il partait se promener, c'était dans un but précis, jamais pour le simple plaisir de flâner. Il escaladait les falaises pour y dénicher des œufs d'oiseaux, descendait à la rivière pour surveiller les amarres de son vieux bateau. Rien n'était gratuit, en fait. Même sa décision d'épouser Roxanne semblait résulter d'un choix mûrement réfléchi. Malheureusement, la jeune femme avait d'autres idées en tête, et le mariage n'entrait pas dans ses projets.

Roxanne avait remporté un succès triomphal dans la première pièce de Richard. Et, grâce à elle, les critiques s'étaient abstenus d'éreinter le second spectacle du jeune auteur dramatique. Ensuite, déjà blasée par la gloire, elle était partie pour un long voyage solitaire en Europe. Plus tard, elle écrivit un livre où elle racontait ses expériences de cette époque. Elle vécut dans un milieu de bohème, et se mêla de politique. Une des ses aventures sentimentales, avec un docteur, derrière le rideau de fer, fit scandale. Valentine se demandait souvent s'ils avaient fini par se marier, mais cela paraissait peu probable, car Roxanne méprisait les valeurs traditionnelles. Contrairement à Richard, qui justifiait et expliquait toutes ses actions, Roxanne était très impulsive, et se flattait de passer pour une originale.

Valentine l'avait vue pour la dernière fois deux ans auparavant, toujours aussi belle. Qu'était-elle devenue depuis ?...

Quand Valentine retourna au cottage, sur la place du village, la bonne Mme Duffy avait déjà préparé le thé. Tante Kit avait rempli cette petite maison de précieux trésors : l'éléphant d'ivoire rapporté de Bangkok par un grand voyageur, la collection de bols et de vases de Satsuma, les petits chats de jade sculpté, la table Boulle. Cependant, le reste du mobilier ne présentait pas grand intérêt. Le secrétaire du salon, en bois de rose, avait beaucoup souffert, et portait de nombreuses éraflures. Les tapis et les tentures fanés avaient également grand besoin d'être remplacés.

Mais chaque chose en son temps. Valentine ne voulait pas se hâter de tout bouleverser. Sa tante, qui lui avait légué ce cottage, était morte depuis trop peu de temps encore. Le notaire n'avait même pas homologué son testament, et la jeune fille n'aurait guère paru reconnaissante, si elle avait entrepris d'effacer aussi rapidement l'empreinte de la vieille dame.

Valentine se versa une tasse de thé. Tout en dégustant une tranche de cake, elle fit part à Mme Duffy de ses projets d'aménagement.

— Je me ferai construire un petit atelier attenant à la maison, avec vue sur la mer. J'y travaillerai au calme.

Peu à peu, elle retrouvait son entrain, et oubliait la vague de découragement qui l'avait submergée dans l'après-midi en visitant *Bladon's Rock*.

— J'ai décidé de quitter Londres définitivement, annonça-t-elle.

Mme Duffy, une femme rondelette au visage avenant, lui sourit d'un air ravi.

— Votre réussite me cause une telle joie ! Quand j'ai lu votre nom dans le journal, je n'en croyais pas mes yeux ! J'ai gardé l'article où l'on parlait de votre exposition à Londres : « Miss Valentine Shaw, dont on commence à s'arracher les sculptures... » Des têtes d'enfants et d'animaux, disait le journaliste. Ainsi, vous travaillerez ici, Miss Val ?

— Oui. J'en profiterai aussi pour me remettre un peu à la peinture. Les couchers et les levers de soleil sont tellement merveilleux...

Elle se dirigea vers la fenêtre et écarta les lourds rideaux de couleur sombre, pour contempler la mer illuminée par la chaude et douce lumière dorée du couchant.

— Je me réjouis de venir m'installer ici. Vous savez, je m'y suis toujours sentie chez moi, bien plus qu'à Harrogate. Si les affaires de mon père l'avaient permis, je l'aurais persuadé de déménager ! Il m'aura fallu attendre bien longtemps pour vivre là où j'en ai réellement envie. Mais, à vingt-six ans, je vais enfin réaliser mon rêve !

Mme Duffy la considéra un moment d'un air surpris.

— Vous ne paraissez pas vingt-six ans, Miss Val. Je vous donne tout juste vingt ans.

Valentine observa attentivement son visage dans la glace.

— Vous êtes trop gentille, Duffy, dit-elle sombrement.

Valentine avait de la vie une expérience très limitée. Pourtant, elle sentait déjà le poids du passé peser sur ses frêles épaules, car, marquée par le destin, elle avait dû subir très jeune une pénible épreuve, et avait mûri de façon trop précoce.

— Mes cheveux sont beaux, admit-elle en passant une main dans la masse soyeuse de ses boucles châtain doré. Mais c'est bien la seule richesse dont la nature m'a dotée. Mes yeux ne sont ni verts ni bruns, et comme je fronce les sourcils quand je me concentre, j'ai déjà le front tout ridé. De plus, je dois maintenant porter des lunettes pour travailler. Et puis, j'ai le teint jaune, parce que je ne sors pas assez au grand air...

— Désormais vous en aurez plus souvent l'occasion, remarqua Mme Duffy.

Brusquement, Valentine se retourna, et la fixa droit dans les yeux.

— Vous vous souvenez comme Roxanne était belle ? s'écria-t-elle. Quel grain de peau elle avait, si pur ! Roxanne Bladon ! Ses yeux verts, et sa chevelure rousse, flamboyante !

Mme Duffy entreprit bruyamment de débarrasser la table.

— Miss Roxanne était une vraie beauté, répliqua-t-elle, mais elle n'en a pas été plus heureuse pour cela. Elle doit avoir trente-deux ans maintenant, et n'a pas fait le beau mariage dont nous rêvions tous pour elle. Bien sûr, reconnut-elle avec une certaine réticence, elle aura eu deux ou trois années de gloire au théâtre, mais ce genre de succès ne m'impressionne pas.

— Elle a abandonné sa carrière il y a bien long-temps... L'avez-vous jamais revue ?

Mme Duffy, en grommelant à cause de ses rhuma-tismes, se pencha pour ramasser une petite cuillère.

— Elle est venue ici il y a environ trois mois. Elle voulait revoir *Bladon's Rock,* et a passé la nuit chez moi.

— A votre avis, désirait-elle également revoir M. Sterne ?

— Et pourquoi le voudrait-elle ? demanda Mme Duffy, rouge de colère et d'indignation. Après toutes ces années ! Elle aurait mieux fait de l'épouser, au lieu de le dédaigner. A cause d'elle, il s'est mis à courir le monde, comme un véritable aventurier. Et maintenant que sa beauté se fane, de quel droit réapparaîtrait-elle dans sa vie ?

— L'éclat de Roxanne ne se ternira jamais, c'est impossible ! souffla Valentine.

Mme Duffy haussa les épaules.

— On ne peut pas toujours tout avoir ; Roxanne vieillit, comme tout le monde. Les hommes ne doivent plus guère la regarder, croyez-moi. Quand je l'ai vue, la nuit où elle a couché chez moi, elle avait beaucoup maigri. En fait, elle avait vraiment l'air misérable, mal habillée, sans argent. Elle a même dû m'emprunter dix livres, et ne me les a pas encore rendues.

— Elle n'oubliera pas, assura Valentine d'une voix tremblante.

— Oh, je ne m'inquiète pas. Et puis, je ne suis pas si pauvre : mon cottage m'appartient. J'ai quelques éco-nomies à la banque, et M. Sterne verse de temps en temps de l'argent sur mon compte.

— Connaissez-vous la date de son retour ? s'enquit Valentine.

— Oh oui ! répondit Mme Duffy avec un large sourire. Le vingt-quatre... Le jour de la Saint-Jean. On est en train de refaire toute la maison pour lui, de fond en comble. Jusqu'au mobilier, qui doit être en partie renouvelé. Il ramène de nombreux invités, et je suis chargée d'engager deux filles du village pour aider les nouveaux gardiens.

Le cœur de Valentine se mit tout à coup à battre très fort.

— M. Sterne paie bien ses domestiques. Cela ne devrait pas être trop difficile, affirma-t-elle.

— De nos jours, les jeunes filles n'aiment plus travailler chez les gens. Elles préfèrent aller à l'usine, ou à la nouvelle conserverie de Little Hardstone.

Valentine se détourna, et se dirigea vers la cheminée. La nouvelle du retour de Richard la bouleversait, et elle s'effrayait de sa réaction. C'était ridicule de s'émouvoir ainsi, songea-t-elle. Pendant toutes ces années, elle s'était appliquée à l'oublier, et croyait y avoir réussi. Normalement, elle aurait dû pouvoir le rencontrer sans éprouver le moindre trouble. Elle aurait tout simplement grand plaisir à le revoir, et, lorsque l'occasion s'en présenterait, serait capable d'affronter leurs retrouvailles avec sérénité ; elle lui sourirait sans crainte, chaleureusement, et poserait sur lui un regard limpide, le cœur apaisé.

— Richard ! Quel bonheur de te revoir ! s'exclame-rait-elle, ravie de renouer avec son vieil ami. J'ai si souvent pensé à toi ! Tu dois avoir tellement de choses passionnantes à me raconter !

Mais, pour le moment, à la seule pensée de cette rencontre, ses jambes flageolaient. Si, à son habitude, il la regardait de son air moqueur, la jeune fille se sentirait vite mal à l'aise : Richard était très perspicace. Peut-être avait-il deviné son secret, et s'en amusait-il ? Et s'il ramenait une femme de ses lointains voyages ?... Valentine saurait alors qu'elle n'avait jamais vraiment compté pour lui. Bien sûr, il serait très heureux de la revoir. Mais elle faisait partie du décor, en quelque sorte. Peut-être n'avait-elle pas plus d'importance à ses yeux que ses animaux domestiques...

D'ailleurs, il s'inquiéterait probablement d'eux avant

même de demander des nouvelles de la petite Valentine. Son chien fidèle reprendrait sa place au coin du feu, et le magnifique chat persan viendrait à nouveau ronronner sur ses genoux. La jeune fille, elle, n'avait aucune place dans ce décor familier.

Mme Duffy l'observa un moment, et lui conseilla doucement :

— Vous devriez aller vous coucher, Miss Val. Vous avez l'air fatiguée, sans doute à cause de votre longue promenade de cet après-midi. Je viendrai préparer votre petit déjeuner demain matin.

Fatiguée ! songea Valentine avec une grimace. Elle accusait donc bien son âge... A vingt-six ans, sa condition physique ne lui permettait plus d'escalader les sentiers escarpés des falaises sans difficulté... Et sa vie de citadine n'arrangeait rien. De toute évidence, Roxanne et elle appartenaient désormais au passé... Dans la région, on devait à présent les considérer comme deux étrangères. Comme il paraissait loin, le temps où Richard Sterne demeurait ici !

2

Accoudée sur le rebord de la fenêtre, Valentine resta un long moment à contempler la mer, avant de se coucher. Le bruit régulier des vagues l'apaisait, et le reflet de la lune sur les flots lui rappelait d'autres nuits chaudes et étoilées, où elle avait respiré avec bonheur l'odeur de la marée, et goûté sur ses lèvres le goût salé des embruns.

Ces soirs-là, *Bladon's Rock* brillait de tous ses feux. Les couples dansaient dans le grand salon du rez-de-chaussée, la musique et les rires jaillissaient, et les nombreuses voitures des invités ne repartaient qu'au petit matin. Ceux qui restaient se précipitaient alors dans la cuisine, pour y dévorer avec appétit des œufs au bâcon. Immanquablement, une cuisinière en robe de chambre apparaissait dans l'escalier de service pour protester énergiquement.

Et les nuits passées sur la falaise, le visage caressé par la douce brise de l'été, les pieds nus dans le thym sauvage et le trèfle odorant! Ou encore sur la rivière, dans de petits bateaux au moteur haletant... Que de mondes secrets on y découvrait, au fond des anses abritées sous les arbres! Et les pique-niques au clair de lune, les bains de minuit, les courses sur le sable! Parfois aussi, les pêcheurs les emmenaient dans leurs expéditions nocturnes, et ils déjeunaient à l'aube de poisson frais, avant de sombrer dans le sommeil, rompus de fatigue.

En ce temps-là, les parents de Roxanne étaient encore propriétaires de *Bladon's Rock*. Cependant, rien ne changea quand les Sterne leur achetèrent le domaine. Mme Sterne aimait tout autant les réceptions, et, grâce à son immense fortune, les fêtes se succédèrent à un rythme endiablé. Elle invitait Roxanne le plus souvent possible, car son fils, à l'instant même où il avait posé les yeux sur elle, en était tombé éperdument amoureux.

Roxanne n'avait guère plus de quinze ans à l'époque. Cette adolescente aux longues jambes fines était d'une beauté étourdissante. Richard, jeune homme élégant aux airs aristocratiques qui se déplaçait au volant d'une Jaguar blanche, tuait le temps à l'université d'Oxford. Il consacrait tous ses loisirs à la jeune fille, et devenait peu à peu son esclave.

Il semblait littéralement envoûté par Roxanne, qui abusait à plaisir de la fascination sans bornes qu'elle exerçait sur lui. Il était comme hypnotisé par l'éclat lumineux de ses yeux verts, et elle s'amusait à le soumettre à ses humeurs, le rendant souvent très malheureux.

Richard était prêt à obéir au moindre de ses désirs. Il l'emmenait au cirque, au cinéma à Whitehaven, ou dans les magasins. Elle aimait s'habiller de façon très originale, et il l'encourageait à s'acheter les robes les plus excentriques, et des escarpins aux talons vertigineux. Il la couvrait de bijoux qui n'étaient pas, comme il le prétendait, des bijoux de pacotille...

Il lui apprit à conduire, à monter à cheval, à plonger et à nager comme un dauphin. Il donna son nom à un petit bateau de plaisance peint en bleu, dans lequel il l'emmena faire des excursions le long de la côte. Ils découvrirent une île, qui devint, elle aussi, « l'île Roxanne ». Un jour, le moteur du bateau tomba en panne, et ils y restèrent pendant vingt-quatre heures. Personne ne savait où ils étaient.

Pour le vingt et unième anniversaire de Roxanne, Mme Sterne donna une réception grandiose. Tout le monde attendait la nouvelle des fiançailles, mais rien ne fut annoncé. A vingt-trois ans, Roxanne joua dans la première pièce de Richard, qui lui offrit une rivière de diamants. Deux ans plus tard, elle avait définitivement disparu, et Richard s'affichait à Londres en compagnie d'une belle blonde qui venait passer les week-ends à *Bladon's Rock*.

Valentine avait alors dix-neuf ans. Elle demeurait chez sa tante, et aurait donné n'importe quoi pour un seul regard de Richard Sterne. Cependant, il ne remarquait jamais sa présence. A ses yeux, elle resterait toujours « la petite fille fantasque, le pâle reflet de Roxanne, qui la suivait partout comme son ombre ».

Il se comportait envers elle un peu comme un grand frère, lui donnant par exemple des conseils sur sa coiffure et ses toilettes, l'invitant toujours aux soirées de *Bladon's Rock*. Une fois, il se souvint même de son anniversaire, et lui fit cadeau d'un magnifique sac en crocodile, qu'elle arbora pendant longtemps avec fierté.

Il l'incita à cultiver ses talents artistiques, car il la trouvait douée pour la sculpture ; ainsi, il lui acheta l'une de ses toutes premières œuvres, pour laquelle Roxanne avait servi de modèle. Ce buste trônait à la place d'honneur, dans le salon de son appartement londonien.

La dernière fois que Valentine l'avait vu, il se préparait à partir pour le Brésil. Elle l'avait rencontré par hasard, après un spectacle, au foyer du théâtre. La jeune fille attendait la fin de l'averse pour sortir, quand Richard était apparu, entouré d'une foule d'amis. Il avait insisté pour l'inviter à son souper d'adieu, et elle avait été contrainte d'accepter.

La soirée s'était prolongée jusqu'à l'aube dans l'appartement de Chelsea. Par les immenses baies vitrées du salon, Valentine contempla le lever du soleil. Comme elle aurait aimé fixer sur une toile les teintes délicates et éphémères de ce petit matin ! Le rose safrané se fondait peu à peu dans le bleu du ciel. Sur la rive opposée de la Tamise, s'éclairaient lentement les masses sombres des remorqueurs ; très haut dans l'azur, une étoile scintillait encore de tous ses feux. A côté d'elle, accoudé sur le balcon, l'homme qui lui avait tenu compagnie tout au long de cette soirée s'amusait de son émerveillement enthousiaste.

Quand Richard lui avait présenté ce docteur, l'un de ses meilleurs amis, Valentine n'avait pas très bien saisi son nom, mais n'avait pas osé le faire répéter. Brun, svelte, il avait l'air très intelligent. Une lueur de gaieté brillait constamment dans ses yeux noirs, très vifs, frangés de longs cils. Les coins relevés de sa bouche aux lèvres pleines confirmaient cette impression d'un caractère plein d'humour.

— Je vous connais déjà comme sculpteur, remarqua-t-il. Auriez-vous en plus des talents de peintre ?

— Vous savez qui je suis ? demanda-t-elle, intriguée. Je dois admettre, quant à moi, que je ne sais même pas votre nom.

— Il ne vous dirait rien, répondit-il d'une voix posée. Et puis, quelle importance ? Nous ne nous reverrons sans doute jamais. Les rencontres, dans ce genre de soirée, sont en général purement accidentelles et sans lendemain. Les gens se croisent comme des bateaux dans la nuit, sans se voir.

— J'aimerais tout de même connaître votre nom, insista-t-elle.

Elle se sentait un peu vexée par sa remarque. Après tout, on pouvait très bien, parfois, éprouver le besoin de renouer certaines rencontres du hasard... si elles avaient été assez agréables...

Son compagnon se tourna vers elle, et, les paupières mi-closes, l'étudia avec attention.

16

Valentine portait une robe du soir tout à fait banale, mais les premiers rayons du soleil jetaient sur sa chevelure des reflets dorés, couleur de miel.

— Je m'appelle Gilles Lemoine, lui dit-il un peu sèchement.

— Gilles Lemoine? répéta-t-elle en haussant les sourcils. C'est un nom français, n'est-ce pas?

— C'est exact, mais je ne suis pas vraiment français. Je suis né ici, en Angleterre, d'une mère anglaise.

— J'ai une amie, Roxanne Bladon, dont la famille descend en droite ligne des conquérants normands. Leur ancêtre, le sieur de Blaidon, avait annexé un monastère qui est devenu par la suite la maison familiale.

— Très intéressant.

— Je vous ennuie, remarqua-t-elle avec un petit sourire d'excuse. Cette nuit a été longue, vous ne trouvez pas?

Cependant elle poursuivit, comme si le sujet l'obsédait:

— Cette demeure appartient maintenant à Richard. Peut-être y avez-vous déjà séjourné?

— Non.

A cet instant, Richard les rejoignit sur la terrasse.

— Je suis dans l'obligation de vous renvoyer chez vous. Je dois commencer à préparer mes bagages aujourd'hui. Dans huit jours, je serai à des milliers de kilomètres d'ici.

Dynamique et plein d'entrain, Richard ne paraissait pas du tout fatigué. Il était particulièrement élégant dans son smoking sombre, à la coupe impeccable. Mais, en fait, cet homme distingué réussissait à avoir fière allure dans n'importe quelle tenue, même en jeans ou en maillot de bain! Les sirènes des bateaux commencèrent à retentir sur la Tamise, et, dans la lumière rose du petit matin, Richard Sterne apparut à Valentine incomparablement séduisant. Avec ses yeux gris et ses cheveux lisses, d'un noir de jais, son visage aux traits réguliers était beaucoup plus beau que celui du docteur Gilles Lemoine. Derrière lui, dans son appartement luxueux où brillaient encore quelques lampes restées allumées, s'élevaient les rires et les bavardages de ses amis. Combien de cœurs féminins Richard avait-il conquis ? Pouvait-on seulement lui résister ?...

Cet homme avait vraiment tout pour plaire, songea Valentine. Il était immensément riche, avait déjà écrit pour le théâtre deux pièces à succès, et possédait en outre un charme fou.

Oui, quelle noble prestance ! Et comment ne pas être subjuguée ?... Le cœur de la jeune fille se serra, et, malgré elle, elle lui jeta un regard de biche craintive.

Richard lui sourit, et posa les mains sur ses épaules.

— Je te trouve tout à fait charmante, Val. Tu t'habilles à ravir, ce style de robe te va parfaitement. Et tes cheveux sont superbes. Je n'en ai jamais vu d'aussi beaux !

Si, songea-t-elle, ceux de Roxanne...

Richard se pencha vers elle, et, en riant, enfouit son visage dans les boucles de sa chevelure.

— Tu sens bon, murmura-t-il. Si fraîche et pure, malgré la fumée des cigarettes et la suie de Londres !

Il se tourna vers Lemoine, et lui dit d'un air malicieux :

— J'ai connu Valentine quand elle n'était encore qu'une petite fille délurée, couverte de taches de rousseur. A dix ans, c'était un véritable garçon manqué !

— Elle a beaucoup changé ! observa son compagnon.

— Oui. Même ses taches de rousseur ont complètement disparu ! Quand je serai de retour, Val, ajouta-t-il, en lui pinçant gentiment le lobe de l'oreille, tu viendras nous voir, à *Bladon's Rock*. La santé de ma mère m'inquiète un peu, ces temps-ci, et elle sera ravie d'avoir de la compagnie. Elle a toujours beaucoup apprécié ta présence. Tu lui plaisais davantage que

18

Roxanne, remarqua-t-il avec un sourire crispé... Et maintenant, je vais t'appeler un taxi, Gilles. Tu veux bien raccompagner Val chez elle, n'est-ce pas ? Elle n'habite pas très loin d'ici, je crois.

Dans le taxi, Valentine revint sur l'identité de son compagnon.

— Ainsi, vous êtes le docteur Lemoine, le célèbre neurologue ? Je connais très bien l'une de vos patientes.

— Ah bon ?

— Oui, vous l'avez soignée pour une dépression nerveuse. Elle est guérie, à présent.

— Beaucoup de gens souffrent des nerfs, de nos jours, surtout les femmes. Nous menons une vie trop tendue, au rythme trop rapide.

Elle lui demanda ensuite s'il accompagnerait Richard dans son voyage. Après tout, un docteur serait certainement le bienvenu dans une expédition pareille, et Gilles Lemoine partageait peut-être le goût de son ami pour les pays lointains.

Il secoua la tête avec un léger sourire.

— Nous ne sommes pas tous aussi riches et disponibles que Richard. Il est libre comme l'air, n'a aucune attache, et a bien raison d'en profiter. Je l'envie énormément, mais ne peux guère me libérer de mes obligations. Par ailleurs, je dois travailler pour gagner ma vie.

— Ne serait-ce pas mieux pour lui de se ranger... de se marier ?

Gilles Lemoine haussa les épaules.

— Il ne le souhaite sans doute pas vraiment. De plus, le mariage n'est pas forcément la solution idéale.

Il la regarda d'un air de défi, comme s'il attendait une riposte à son affirmation.

Valentine lui adressa un sourire empreint d'une ironie désabusée. Encore un célibataire endurci, songea-t-elle... Ou un amoureux déçu, lui aussi ?

Devant sa porte, en galant homme, il descendit du taxi pour lui dire au revoir. Il était presque aussi grand que Richard, remarqua-t-elle, et, à en juger par son menton résolu, pas très commode. Il devait être très exigeant et inflexible... en amour aussi.

— Nous nous reverrons, j'espère, déclara-t-elle, sans trop savoir pourquoi.

Les coins de sa bouche se relevèrent en un sourire imperceptible, et il la regarda de ses yeux sombres, énigmatiques, sans la moindre flamme.

— Peut-être, répliqua-t-il. Le hasard amène parfois de curieux concours de circonstances. En tout cas, je ne pense pas vous avoir jamais comme cliente !

Elle prit cette dernière remarque comme un compliment. Son regard franc et limpide, son teint frais attestaient sa nature saine et vigoureuse. Elle avait trouvé un équilibre durable dans l'exercice de ses talents artistiques, et était d'un tempérament doux et conciliant.

D'ailleurs, sans doute était-ce grâce à ce trait de caractère qu'elle et Roxanne s'étaient toujours si bien entendues.

Valentine se coucha. Elle n'avait pas tiré les rideaux et le clair de lune inondait la chambre. Dans le grand lit à baldaquin que sa Tante Kit avait acheté à une vente aux enchères, la jeune fille resta longtemps immobile, incapable de trouver le sommeil. Seul, le clapotis régulier de la marée, sous sa fenêtre, troublait le profond silence.

Elle réfléchissait à sa nouvelle acquisition, et aux aménagements qu'elle apporterait au cottage. Elle aurait bientôt un bel atelier où elle réaliserait de véritables chefs-d'œuvre, elle le sentait. Son travail était pour elle la chose la plus importante au monde. Non seulement elle en vivait, mais, sans cette activité, elle serait complètement perdue.

Aucun homme ne lui avait encore demandé sa main. De toute façon, le mariage ne la tentait guère. Et puis, tant que Richard vivrait, il lui serait impossible de tomber amoureuse de quelqu'un d'autre. Richard se moquerait d'elle, sûrement, s'il apprenait un jour la nature des sentiments qu'elle éprouvait à son égard... Mais elle n'y pouvait rien.

Il devait exister toutes sortes d'amour, songea-t-elle, et chacun possédait une caractéristique propre, une coloration particulière. Certains amours impossibles brisaient la vie des gens ; d'autres, au contraire, leur donnaient un regain d'énergie. Quant à elle, elle se plaisait à penser que son amour pour Richard la stimulait, et, même, l'inspirait. Sans lui, d'ailleurs, elle n'aurait jamais entrepris une carrière artistique... Un jour, il avait remarqué ses doigts agiles, fins et délicats... et déterminé ainsi sa vocation de sculpteur. A la lueur du clair de lune, elle observa ses mains, qui lui parurent soudain très pâles et fragiles...

Dans le vestibule, inlassablement, le tic-tac de l'horloge égrenait les secondes. La jeune fille enfouit sa tête dans l'oreiller moelleux. Ce bruit ne l'avait jamais frappée jusque-là. Passerait-elle le restant de sa vie dans ce petit cottage, au bord de la mer ? Sa tante y avait vécu solitaire jusqu'à la mort. Elle ne s'était jamais mariée. Valentine connaîtrait-elle le même sort ? L'article du journal lui revint en mémoire : « Miss Valentine Shaw, dont on commence à s'arracher les sculptures... » Pour le moment, c'était vrai ; pourtant, qu'arriverait-il si elle perdait son talent, ou l'usage de ses mains ? A vingt-six ans, elle ne savait rien faire d'autre...

Elle se retourna nerveusement dans son lit. Enfin, Richard revenait à *Bladon's Rock*. Se souviendrait-il de son invitation ? Un jour, peut-être, ils se rencontreraient dans la grand-rue du village, et il s'exclamerait sur un ton désinvolte :

— Tiens ! Mais c'est Valentine ! Comme tu as changé ! Nous vieillissons, tous les deux. Tu devrais venir t'occuper de moi. Je serai bientôt un vieux garçon hargneux, perdu et nostalgique au milieu de tous ses souvenirs de voyage... Je t'offre une place de gouvernante !

Quelle horrible pensée !

Enfin, Valentine s'endormit. Elle se réveilla un peu plus tard, à cause du grondement incessant de la mer. Cependant, un autre bruit attira son attention : une voiture s'arrêtait devant la maison. Une portière claqua, et la voiture démarra à nouveau. Puis quelqu'un frappa à la porte d'entrée.

Valentine sauta du lit, et jeta un coup d'œil par la fenêtre. Dans l'obscurité, elle ne put rien distinguer et se hâta de passer sa robe de chambre. Les coups redoublèrent, un peu inquiétants, comme si le visiteur était aux abois.

Elle alluma la lumière, et se précipita en bas de l'escalier pour ouvrir la porte.

Roxanne se tenait là, une valise à la main. Naturellement, Valentine l'aurait reconnue dans n'importe quelle circonstance, mais elle ne s'attendait certes pas à la voir dans cet état : elle était d'une pâleur mortelle, et paraissait toute chancelante.

— Je t'en prie, Val, laisse-moi entrer ! Je suis épuisée. Ce voyage m'a tuée...

Elle pénétra en titubant dans le vestibule, et s'agrippa des deux mains à la rampe d'escalier. Dans son visage blême, ses yeux verts brillaient encore d'une lueur moqueuse.

— Nous voici revenues au point de départ ! s'exclama-t-elle. Après l'insouciance et les rires de la jeunesse, la gloire et l'aventure, nous sommes à nouveau dans la maison de ta tante, comme il y a si longtemps...

Une heure plus tard, Valentine avait installé la visiteuse dans le lit douillet de la chambre d'amis. L'état d'épuisement dans lequel se trouvait Roxanne nécessitait le plus grand repos.

Valentine éteignit la lumière, et retourna dans sa propre chambre. Mais elle n'avait pas envie de se recoucher. Le changement de Roxanne l'avait alarmée. Chose troublante, la jeune femme, à bout de forces, avait tenu à revenir à Bladon, là où étaient ses racines.

Avant de l'aider à se déshabiller, Valentine lui avait donné un bol de lait chaud, dans lequel elle avait mis un peu de cognac. Roxanne avait vivement apprécié ce remontant, et avait même réclamé un autre verre.

— Quel mal j'ai eu pour trouver un taxi à la gare ! avait-elle expliqué. En fait, j'ai dû attendre une heure. Heureusement qu'il y avait un bal, ce soir ! Sinon, j'y serais encore ! En tout cas, jamais je n'aurais pu venir à pied jusqu'ici, et je n'avais pas assez d'argent pour aller à l'hôtel.

— Tu as l'air déprimé, observa sa compagne, ne sachant trop que dire. Tu as été malade ?

Roxanne fit la grimace.

— Effectivement, je n'ai pas été en très bonne santé tous ces temps-ci. Je suis dans le creux de la vague, et n'ai plus guère de résistance. Et puis, la petite pension de famille où j'habitais n'était pas l'endroit idéal pour me permettre de refaire surface. Quel décor pour une malade ! La maison empestait le chou et la mauvaise cuisine, et la propriétaire me tourmentait sans cesse pour me réclamer son loyer.

— Où était-ce ? demanda Valentine, frappée par la rancœur de Roxanne, qui paraissait avoir de gros soucis d'argent.

— A Londres, mais pas dans un quartier très recommandable, répondit l'autre en s'enfonçant confortablement dans les coussins moelleux du fauteuil. Je ne te conseille pas d'y mettre les pieds. Ce coin-là sent mauvais, et est peuplé de voyous.

— Je ne comprends pas ! s'écria Valentine, horrifiée. Comment as-tu pu tomber si bas ? Et ta santé ? Pourquoi s'est-elle dégradée ainsi ?

— Tu voudrais savoir ? répliqua Roxanne en posant sur elle un regard énigmatique.

Ses beaux yeux verts avaient perdu leur éclat d'antan, et ses longs cils semblaient tout poisseux de mascara bon marché.

— C'est une longue histoire, ma chérie, poursuivit-elle, et je ne me sens pas la force de te la raconter maintenant. J'aspire à prendre un peu de repos. Tu as bien deux chambres, n'est-ce pas ? Accepterais-tu de m'en prêter une ? Sinon, je dormirai ici, sur le divan.

— Non, non, la chambre d'amis est prête. Mme Duffy a fait le lit aujourd'hui, après m'avoir aidée à trier le linge.

— C'est une chance ! remarqua Roxanne avec un sourire. Tu devais avoir l'intuition de ma visite ! Pauvre vieille Duffy !... Je lui dois dix livres, et je ne sais même pas quand je serai capable de les lui rembourser.

Valentine s'empressa de la rassurer :

— Ne t'inquiète pas de cela. Si tu es vraiment gênée, je la rembourserai moi-même demain matin.

Le sourire de Roxanne se fit légèrement moqueur.

— Te voilà riche, à présent ! Avec l'héritage de ta tante, son cottage, et la vente de tes sculptures !

— Je vais défaire tes bagages, déclara Valentine en se levant, et en emportant la maigre valise dans la chambre voisine.

Malgré la douceur de cette nuit de juin, elle alluma le radiateur électrique, et hésita même à préparer une bouillotte. Très diminuée physiquement, squelettique, Roxanne semblait perpétuellement grelotter de froid. Dans son visage blafard, émacié, seuls ses yeux conservaient encore quelques vestiges de leur splendeur passée.

Valentine monta dans la salle de bains chercher la bouillotte, et la glissa dans la chemise de nuit de Roxanne pour la réchauffer.

— Vraiment, tu ne veux rien manger? demanda-t-elle en revenant dans le salon. Je peux te faire un œuf à la coque, ou une omelette avec des toasts...

Son amie l'interrompit d'un geste las.

— Non merci, ma chérie. Tu es gentille, mais je n'ai pas faim. Je ne mange plus beaucoup, ces temps-ci. En revanche, je boirais bien encore une petite goutte de remontant. Qu'as-tu mis dans mon bol de lait, tout à l'heure? Du cognac? Ou du whisky, peut-être?

— Du cognac, répondit la jeune fille avec une certaine réticence.

La lueur de convoitise qui brillait dans les yeux de Roxanne ne lui plaisait guère.

— Je vais t'en verser un peu dans un verre de soda, suggéra-t-elle.

— Sans soda, s'il te plaît. Et donne-m'en une bonne dose, j'en ai besoin.

Quand Mme Duffy arriva le lendemain matin, Valentine était déjà en train de préparer le petit déjeuner. En voyant son air surpris, la jeune fille posa un doigt sur ses lèvres, et l'emmena dans la petite chambre du rez-de-chaussée, où Roxanne dormait encore.

La vieille dame ne parut pas spécialement étonnée, mais exprima son inquiétude.

— Ainsi, c'est vous qui l'avez sur les bras, maintenant ? Après la nouvelle de votre héritage, sa venue ici était presque fatale. Vous avez toujours été de grandes amies, toutes les deux, n'est-ce pas ?

— Le temps est loin où nous nous fréquentions régulièrement, répliqua Valentine avec discrétion. Je ne me souviens même pas à quelle occasion je l'ai rencontrée pour la dernière fois.

— Eh bien, c'est votre première invitée ici, remarqua Mme Duffy d'une voix neutre. Mais il faut parfois se méfier de certaines visites. Les gens corrects n'abusent pas de l'hospitalité de leurs amis. D'autres, en revanche, deviennent vite sans-gêne et envahissants... Enfin, soupira-t-elle en changeant de sujet, nous avons été bien inspirées, hier, de préparer la chambre d'amis.

La jeune fille referma doucement la porte, et ramena Mme Duffy dans la cuisine.

— Elle a l'air malade, vous ne trouvez pas ? demanda-t-elle d'une voix tendue.

— Je vous l'avais dit. Elle meurt de faim, et n'a plus que la peau sur les os. Pourtant, c'est curieux, elle n'a pas du tout d'appétit. En tout cas, quand elle est venue chez moi, elle n'a rien voulu manger.

— Je devrais peut-être appeler le docteur ?

— Attendez plutôt de voir comment elle réagit. Quelques jours de repos suffiront probablement à la remettre d'aplomb, si vous arrivez à la persuader de s'alimenter convenablement. Je vais vous préparer un bon déjeuner, annonça-t-elle en attrapant le panier à provisions.

Quand Roxanne s'éveilla, le soleil était déjà haut dans le ciel. On était le quatorze juin, songea Valentine. Le quatorze... Et Richard rentrerait à Bladon dans dix jours, exactement.

— Ma chérie, cria Roxanne depuis son lit. Puisque tu es debout, peux-tu m'apporter une tasse de thé ? J'en meurs d'envie !

Quelques minutes plus tard, Valentine arriva avec un

plateau, et s'assit sur le bord du lit pour lui tenir compagnie. Le sommeil avait ramené un peu de rose sur les joues de son amie, mais comme sa peau semblait desséchée! De plus, les mauvais produits de beauté qu'elle utilisait faute d'argent n'arrangeaient rien.

Ses cheveux retombaient librement sur ses épaules et avaient conservé leur superbe et flamboyante couleur rousse. Après cette nuit de repos, une flamme plus vive dansait à présent au fond de ses grands yeux verts.

— Je me sens beaucoup mieux, déclara-t-elle. Le bord de mer a toujours sur moi une influence très bénéfique. Je rajeunis, chaque fois que je viens ici.

— Mange ton œuf, commanda Valentine, tu as besoin de reprendre des forces. Et je te conseille cette délicieuse confiture d'oranges, préparée par la bonne Mme Duffy.

Cependant, en entendant parler de nourriture, Roxanne fit la grimace.

— Cela ne me fait guère envie, dit-elle en portant sa fourchette à sa bouche, comme à contrecœur. Enfin, si tu insistes...

Puis elle leva les yeux et fixa sa compagne d'une drôle de façon.

— J'ai l'intention de rester, ma chérie. Tu t'en rends compte, n'est-ce pas? Je n'ai nulle part où aller, et tu n'auras pas le courage de me renvoyer, car nous étions de bonnes amies dans le temps. J'essaierai de ne pas me rendre insupportable, je te le promets.

Valentine lui répondit avec empressement, mais en évitant soigneusement son regard:

— Tu peux rester ici aussi longtemps qu'il te plaira. Ce cottage est à moi, maintenant, et je compte moi-même m'y installer définitivement. J'en ai assez de Londres.

— C'est une ville fatigante, dont tout le monde finit par se lasser, un jour ou l'autre.

Roxanne réclama une cigarette, et s'adossa contre

l'oreiller. Elle se mit à contempler d'un air pensif le bout rougeoyant de sa cigarette.

— Dès que j'aurai repris des forces, je tâcherai de me rendre utile, affirma-t-elle. Je jardinerai, et aiderai à la cuisine... si Duffy me le permet! Est-elle toujours aussi autoritaire? Elle n'était guère commode, dans le temps... Et *Bladon's Rock*? S'en occupe-t-elle encore, quand le seigneur et maître est chez lui?

— Oui. Il l'a d'ailleurs chargée d'engager deux jeunes filles du village, pour son retour, à la fin du mois.

— Ah bon? s'exclama Roxanne, visiblement intéressée. Ainsi, Richard revient, lui aussi! Il était au Brésil, n'est-ce pas? Quel voyage passionnant! J'envie sa richesse. Si seulement j'avais de l'argent! Je mènerais une existence meilleure...

Valentine baissa les yeux.

— Et ces dernières années, qu'as-tu fait de ta vie? s'enquit-elle. Comment en es-tu arrivée à cette mauvaise passe?

Sa compagne lui sourit d'un air lugubre.

— J'allais y venir, ma chérie. Je vais te raconter cette sordide histoire, si tu as la patience de m'écouter.

4

Après tout, le récit de ses aventures n'avait rien de surprenant. Connaissant bien Roxanne et sa nature instable, Valentine n'eut aucun mal à comprendre ses réactions. La jeune femme éprouvait constamment un besoin de nouveauté, et changeait souvent de décor et d'activités. Très vite, elle se lassa du théâtre, et décida de voyager. Bientôt, cependant, sa vie de nomade la fatigua, et elle eut envie de se fixer quelque part. Pourtant cette soif de changement la rongeait toujours, et seule la découverte de pays inconnus parvenait à lui faire oublier l'ennui profond qui la consumait. Si elle ne s'était pas retrouvée sans un sou, jamais elle ne serait rentrée en Angleterre.

— L'argent ne dure pas longtemps avec moi, dit Roxanne en jetant à son amie un coup d'œil en biais. J'ai des goûts de luxe, et, malheureusement, je ne suis jamais tombée amoureuse d'un milliardaire.

— N'as-tu jamais songé à te marier ?

— Si, une fois. Il était riche... mais je ne l'aimais pas vraiment.

Elle faisait probablement allusion à Richard, songea Valentine.

— Bien sûr, poursuivit Roxanne, avec le temps, l'amour disparaît et tous les mariages finissent par se ressembler. Peut-être aurais-je dû prendre ce risque ? Je me demande si j'aurais été heureuse...

Elle tapota l'édredon d'un air absent. Valentine se leva, et se dirigea vers la fenêtre.

— Maintenant, il faut te rétablir, déclara-t-elle. Tu ne sembles pas avoir beaucoup de vêtements. Veux-tu que j'aille faire des courses à Barhaven?

Roxanne continuait à l'observer d'un air pensif.

— Je suis complètement démunie, mais je ne vois pas pourquoi tu dépenserais ton argent à m'acheter des habits. D'un autre côté, tôt ou tard, je risque de te faire honte, car je n'ai vraiment plus grand-chose de convenable à me mettre.

— Tu as beaucoup maigri, constata Valentine. En tout cas, je sais quelles couleurs te vont bien. Tu dois avoir besoin de tout, je suppose?

— Absolument de tout, ma chérie, approuva Roxanne avec un petit sourire entendu. Tâche de trouver des marques qui me fassent honneur, même si ce ne sont pas de grandes griffes. De toute façon, Barhaven est une station balnéaire très chic, et les boutiques y sont bien achalandées. N'oublie pas, je chausse du trente-six. Et, si ce n'est pas abuser de ta générosité, je désirerais aussi des produits de maquillage.

— Bien sûr. Fais-moi une liste, et je tâcherai de te rapporter tout cela. Il te faut également une robe de chambre.

— En attendant, je t'emprunte la tienne, déclara Roxanne en s'enveloppant dans le peignoir de son amie. Merci beaucoup, Val. Tu sais combien j'ai toujours apprécié ta gentillesse. Et tu m'aimes bien aussi, je crois. Heureusement, car nous allons devoir nous supporter et vivre ensemble. Pendant un certain temps, du moins.

— Je t'aiderai de mon mieux, assura Valentine sur un ton qu'elle voulait le plus réconfortant possible.

Le seul autobus de la journée partait dans une demi-heure, et la jeune fille se dépêcha pour ne pas le manquer, confiant la malade aux bons soins de Mme Duffy.

A Barhaven, elle eut quelques problèmes pour faire les emplettes de Roxanne. A la place de son invitée, n'importe qui aurait été ravi, mais Valentine redoutait quelque peu le jugement critique et les goûts exigeants de son amie. Elle s'arrangea pour faire livrer la plupart de ses achats, mais revint tout de même à Bladon les bras chargés de paquets. Roxanne serait particulièrement enchantée par la gamme de produits de beauté qu'elle rapportait. Elle n'avait pas lésiné sur le prix.

La jeune femme avait bien déjeuné. La bonne Mme Duffy lui avait servi du poulet rôti, et avait confectionné l'un des délicieux desserts dont elle avait le secret. Confortablement allongée sur le divan du salon, Roxanne semblait reposée. Elle se précipita à la rencontre de son hôtesse, et déballa ses emplettes avec empressement. A la surprise de Valentine, elle lui exprima immédiatement son approbation.

— Tu as très bien choisi, concéda-t-elle en commençant aussitôt à se maquiller.

Puis, admirant le résultat dans le miroir, elle ajouta :

— Comment me trouves-tu ? J'ai déjà meilleure mine, non ? J'avais vraiment l'air d'un épouvantail. Si seulement je pouvais grossir un peu, maintenant, et me débarrasser de ces horribles cernes, dit-elle en les soulignant du doigt. Et mes cheveux ! Ils sont bien ternes !

— Je peux te les laver, proposa Valentine. J'ai aussi acheté du shampooing.

Roxanne, cette fois, parut touchée par la gentillesse de sa compagne.

— Tu penses vraiment à tout ! s'exclama-t-elle en passant une chemise de nuit vaporeuse.

Ensuite, elle revêtit sa robe de chambre toute neuve, et se pavana au milieu du salon.

— J'ai meilleure allure, n'est-ce pas ? Crois-tu que je

pourrais plaire à un homme ? Un homme qui m'aurait connue autrefois, quand j'étais belle ?...

Valentine éprouva une curieuse sensation de malaise.

— Fais-tu allusion à Richard ? demanda-t-elle avec calme.

— Qui d'autre ? répliqua Roxanne, une lueur moqueuse dans le regard. Tu te souviens de notre conversation de ce matin ? Eh bien, c'est le seul milliardaire que je connaisse. J'ai complètement oublié mes rêves d'adolescente romantique, à présent. Et les conceptions de Richard sur l'amour ont dû beaucoup évolué, j'en suis sûre. Il m'a toujours voué une admiration absolue... au point de ne pas vouloir me quitter, jamais. Si seulement je parvenais à ranimer cette vieille flamme... Tu vas bien me soigner. Je me gaverai de crème au chocolat et des bons petits plats de Mme Duffy. Je saurai peut-être le reconquérir...

— Dans quel but ? interrogea Valentine, en essayant de dissimuler un sursaut de révolte indignée. Tu n'oserais tout de même pas l'épouser, après tout ce temps ?

— Mais bien sûr que si, ma chérie ! Ce serait la solution à tous mes problèmes, la fin de mes soucis.

Elle aspira une bouffée de sa cigarette.

— J'aime beaucoup recevoir, et serai parfaite dans mon rôle d'hôtesse. Je suis encore capable de le rendre très heureux, si j'arrive à le convaincre de vivre avec moi à *Bladon's Rock*.

L'air sincèrement malheureux tout à coup, elle poussa un profond soupir.

— Tu n'imagines pas combien *Bladon's Rock* m'a manqué, pendant toutes ces années, continua-t-elle. Certains jours, j'ai cru mourir de mélancolie et de nostalgie !

Le lendemain, elle s'installa dans le jardin sur une chaise longue. Deux jours après, sa peau avait déjà pris un léger hâle. Autour d'elle, les abeilles butinaient les fleurs innombrables et colorées. On n'entendait que le bourdonnement des insectes et le murmure paisible de la mer.

Roxanne évoqua bientôt les petits sentiers qui s'enfonçaient à l'intérieur des terres et les promenades de leur enfance. Sans doute mourait-elle d'envie de les explorer à nouveau. Elle parla aussi de *Bladon's Rock,* son jardin de roses, et la fraîcheur de ses pelouses à la tombée du jour… Le désir de retrouver ce décor familier semblait l'obséder, au point d'en éprouver un besoin presque maladif.

Valentine soupçonnait son amie d'avoir déjà des plans soigneusement établis. Mme Duffy, quant à elle, trouvait extrêmement suspecte la conduite de la jeune femme, venue chercher refuge au cottage. Un jour que Valentine était partie au village, la gouvernante était dans la cuisine en train de préparer une tarte aux pommes, quand Roxanne vint bavarder avec elle, dans l'intention évidente de lui soutirer quelques informations. Au retour de Valentine, Mme Duffy, une expression maussade sur le visage, lui fit part de ses réflexions :

— Cela ne me plaît guère… M. Sterne est attendu pour le vingt-quatre, et Miss Roxanne ne pense plus à rien d'autre. Elle se sent mieux, et a l'intention de lui rendre visite dès son arrivée. Mais, comme le sentier de la falaise est un peu raide, elle veut vous faire louer une voiture.

Sans aucun commentaire, Valentine vida son panier sur la table de la cuisine, et vérifia la liste de ses achats. Mme Duffy se rapprocha, et répéta, avec une rancœur presque féroce :

— Cela ne me plaît pas du tout, Miss Val ! Je ne l'ai jamais trouvée assez bien pour M. Sterne, et, à mon avis, ce serait une catastrophe si elle s'immisçait à nouveau dans sa vie. Elle a beaucoup vieilli, et sa santé chancelante ne lui permettrait pas d'avoir des enfants.

Si M. Sterne souhaite se marier, il aura envie de fonder une famille.

Mal à l'aise, Valentine étudia attentivement l'étiquette d'un bocal de condiments.

— A votre place, Duffy, je ne m'inquiéterais pas pour lui, dit-elle enfin. Il est assez grand pour savoir qui il veut épouser.

— Mais surtout pas Miss Roxanne!

Valentine haussa les épaules.

— Sa santé s'améliore de jour en jour. Beaucoup d'hommes la trouveraient encore infiniment séduisante, j'en suis sûre!

— Eh bien, je ne comprends plus les hommes, et je suis ravie de ne plus rien avoir à faire avec eux!

Reniflant tout à coup l'odeur de brûlé, Mme Duffy sortit vivement la tarte du four.

— Si vous voulez mon avis, sans ses yeux, personne ne la remarquerait, continua-t-elle perfidement. Mais cette ensorceleuse connaît leur pouvoir... Enfin, si M. Sterne est assez faible pour succomber une deuxième fois au charme fatal de cette femme...

Refusant d'en entendre davantage, Valentine s'échappa dans le salon. Roxanne y cousait, apportant de savantes transformations à l'une de ses nouvelles robes. La jeune femme leva les yeux de son ouvrage, et aborda aussitôt le sujet de ses préoccupations:

— D'après Mme Duffy, Richard revient le vingt-quatre. Je ne veux pas perdre de temps. Ne serait-ce pas une bonne idée d'aller l'accueillir, toi et moi, en voisines?

— En voisines? répéta Valentine, interloquée. Tu ne vas tout de même pas t'imposer et pénétrer chez lui pendant son absence, pour l'y attendre?

— Pourquoi pas? répliqua Roxanne avec un petit sourire. Les nouveaux gardiens arrivent après-demain. Nous pourrions surveiller leur installation et les derniers préparatifs: mettre des fleurs dans les vases, par exemple, tous ces menus détails auxquels personne d'autre que nous ne penserait. Et puis, faire quelques courses, pour remplir son garde-manger.

— En tout cas, ne compte pas sur moi, annonça Valentine, rouge de confusion. Richard nous trouverait bien indiscrètes...

— Tu es ridicule ! rétorqua son interlocutrice sans se départir de son sourire. De toute façon, je connais Richard mieux que toi ; il sera ravi d'être attendu par notre petit comité d'accueil, j'en suis certaine. Et si mon idée ne te plaît pas, j'irai seule ! J'ai déjà téléphoné à Jim Anderson, le chauffeur de taxi du village. Il m'accompagne à *Bladon's Rock* demain matin, pour une première visite d'inspection.

— Mais ta santé encore fragile ne te permet pas...

— Au contraire, coupa Roxanne. Je ne me suis pas sentie aussi bien depuis des mois ! Ce doit être la bonne cuisine, et l'air de la mer !

— Pourtant, tu es ici depuis trois jours seulement, et tu prends toujours tes médicaments.

Valentine, à deux ou trois occasions, l'avait en effet surprise en train d'avaler des petits cachets blancs, alors qu'elle se croyait seule.

— J'ignore quelle en est l'indication, cependant je préférerais appeler un médecin pour qu'il te fasse une ordonnance.

Soudain, Roxanne devint blanche comme un linge, et pinça les lèvres.

— Je n'ai nullement besoin d'un docteur, et ces remèdes me conviennent parfaitement. Ils m'ont été spécialement prescrits, et je ne saurais d'ailleurs plus m'en passer.

Valentine la dévisagea, incrédule et inquiète :

— C'est grave, à ton âge, de dépendre déjà de pilules. Tu as à peine dépassé les trente ans...

— Inutile de me le rappeler, je t'en prie, répliqua l'autre avec une grimace horrifiée. Cette période de la vie est vraiment la plus dure à supporter. Au moins, à quarante ans, on s'est résigné à dire définitivement adieu à sa jeunesse, mais, à trente-deux ans, j'ai gâché mes plus belles années. Je me sens tellement usée et déçue...

L'entrain et la gaieté de Roxanne disparurent pour le reste de la journée. L'air absent et préoccupé, elle se mit à l'écart et ressassa ses idées noires. Cependant, le lendemain après-midi, quand le taxi de Jim Anderson se gara devant le portail du jardin, elle apparut, soigneusement habillée et maquillée. Elle semblait avoir rajeuni de dix ans, et retrouvé toute sa vitalité d'antan. Elle portait un tailleur aux tons pastel ; une brise douce soufflait, et les mèches folles de ses magnifiques cheveux roux resplendissaient dans la lumière dorée du soleil d'été. Dans ses yeux étincelants, brillait une flamme étrange.

Sa silhouette élancée paraissait celle d'une adolescente. Pourtant, en regardant de plus près son visage, on ne pouvait plus se tromper sur son âge. L'éclat de sa jeunesse avait malheureusement disparu.

Le cœur gros, Valentine l'accompagna. Comment réagirait Richard en revoyant Roxanne ?

Mme Duffy profita de la voiture, pour aller s'entretenir avec les nouvelles employées. Valentine et Roxanne explorèrent *Bladon's Rock* dans ses moindres recoins. Elles connaissaient par cœur cette demeure, et Roxanne commentait les divers changements survenus dans chacune des pièces.

Les nouvelles baies vitrées du salon, par exemple, qui donnaient sur la mer, lui semblaient une bonne idée, mais le coin-repas de la salle à manger ne lui plaisait guère. Elle préférait les grandes tables cérémonieuses, éclairées par un lustre de cristal, autour desquelles s'affairaient respectueusement des domestiques stylés.

La cuisine, équipée de façon très moderne, remporta son entière approbation, ainsi que les nouvelles salles de bains. On avait aménagé la maison avec le goût le plus exquis, cependant il y manquait une petite note féminine, décréta-t-elle.

Elle caressait machinalement du bout des doigts le lourd satin damassé des tentures et devait mentalement en calculer le prix, quand Mme Duffy arriva tout agitée, un télégramme à la main. Richard et ses amis seraient là ce soir, à six heures.

Valentine en eut le souffle coupé, mais sa compagne leva vers elle des yeux ravis.

— Quelle chance ! s'écria-t-elle. Nous sommes vraiment venues ici au bon moment. Nous allons pouvoir mettre une touche finale à la décoration. Il faut disposer des fleurs dans le salon et sur la table de la salle à manger. Je vais demander la permission au jardinier...

Valentine l'arrêta net dans son élan.

— Roxanne, notre place n'est pas ici, tu devrais t'en rendre compte. Nous n'avons pas à nous mêler de ces préparatifs. Il faut partir. De toute manière, de quel droit resterions-nous ici ? Nous gênerions tout le monde.

— Je ne suis pas d'accord, répondit son interlocutrice sur un ton incroyablement prétentieux. Nous pouvons nous rendre utiles. Les Jenkins sont incapables de s'occuper de tout, et Mme Duffy est bien trop affolée pour être d'un grand secours. Monte donc au premier étage, et sors les draps pour faire les lits. Moi, je vais dans le jardin.

Elle s'éloigna d'un pas résolu, et Valentine regarda sa silhouette gracieuse disparaître derrière les arbres. Roxanne, sûre d'elle, marchait la tête haute et semblait tout à fait dans son élément ; pour la première fois depuis de nombreuses années, sans doute, songea la jeune fille avec un petit pincement au cœur. Le sentiment de sa propre impuissance la paralysa soudain. Néanmoins, elle accompagna Mme Duffy au premier étage, et l'aida à retirer les housses qui protégeaient les meubles contre la poussière. Elles ouvrirent les fenêtres, et répartirent le linge dans les chambres et les salles de bains.

Richard ramenait avec lui trois invités. Il fallait donc préparer quatre pièces et Mme Duffy, en pleine effervescence, se mit à marmonner et à se plaindre de cette invasion. Valentine, préoccupée par Roxanne, redescendit bientôt dans la salle à manger, et trouva son amie en train d'arranger artistement un énorme bouquet de roses sur la magnifique table en bois massif.

— Le jardinier ne s'est pas montré très coopératif, déclara-t-elle en souriant. Heureusement, devant mon insistance, il a fini par céder. Si j'étais la maîtresse de maison, je lui ordonnerais de renouveler tous les jours les bouquets de fleurs coupées.

— Richard engagera sans doute une gouvernante pour veiller à ce genre de chose, répliqua Valentine.

Elle entreprit de ramasser les débris éparpillés sur la table, et ne remarqua pas le regard songeur que Roxanne posa sur elle à ce moment-là.

— Richard a besoin d'une femme, affirma cette dernière.

Extrêmement mal à l'aise soudain, Valentine se redressa. Les raisons de son malaise tenaient en grande partie à Roxanne, mais il y en avait d'autres, de nature très diverse.

— Roxanne, commença-t-elle sur le ton de la confidence, comme si elle voulait la mettre en garde, la dernière fois que j'ai vu Richard il était entouré par une véritable cour d'admiratrices. Les hommes changent, tu sais, et oublient parfois la passion de leur jeunesse. Nous nous ressemblons tous. Nos horizons s'élargissent, nos centres d'intérêt se renouvellent... Toi aussi, tu as évolué. Et Richard ne sera plus le même, c'est inévitable...

Roxanne, cependant, demeura imperturbable.

— C'est impossible, affirma-t-elle d'un ton suffisant. Richard était prêt à tous les renoncements pour moi ! Son désir le plus cher était de m'épouser, et il aurait tout sacrifié pour obtenir mon consentement... Si je l'avais voulu, je serais devenue la maîtresse de *Bladon's Rock* il y a bien longtemps... Mais j'avais envie d'autre chose, à l'époque...

Tout en l'observant, Valentine sentit sa gêne s'accroître. Roxanne paraissait à nouveau fatiguée, à bout de forces. Tout à coup, elle chancela et s'affaissa sur une chaise, très pâle. Son obstination avait quelque chose de pathétique, car, sans nul doute, elle courait droit à l'échec en espérant reconquérir Richard.

— Quelle heure est-il ? demanda-t-elle. Il ne devrait plus tarder.

— Mais nous ne pouvons pas rester ici, comme des intruses dans sa propre maison ! s'exclama Valentine, horrifiée. Je vais téléphoner à Jim Anderson de revenir nous chercher immédiatement.

— Trop tard ! déclara sa compagne, tandis qu'une limousine noire se garait devant la fenêtre. Les voilà ! Richard est là !

La consternation de Valentine semblait l'amuser énormément.

— Allons, ma chérie, ne sois pas ridicule ! c'est un ami, un vieil ami. Il sera enchanté de nous revoir, toutes les deux. En tout cas, j'ai eu un flair extraordinaire en venant ici aujourd'hui.

Cependant, Valentine la désapprouvait totalement. Subitement, une peur irraisonnée s'empara d'elle, pour Roxanne, mais aussi pour elle-même ; elle eut envie d'empoigner son amie par le bras, et de s'enfuir avec elle par les portes vitrées de la terrasse. Hélas, Roxanne ne se laisserait pas faire.

— Allons à leur rencontre, suggéra celle-ci en se levant d'un pas chancelant.

Pour la première fois, Valentine perçut dans son regard une expression étrange, énigmatique ; les yeux de son amie lui rappelèrent ces petits lacs sombres et mystérieux perdus dans les montagnes. Pourtant, son menton résolu et ses lèvres pincées montraient bien sa

résolution. Si seulement un sourire éclairait son visage !
songea Valentine, dévorée par l'anxiété. Mais la tension de la journée avait été trop forte, et accentuait
encore le vieillissement de Roxanne...

5

Richard entra le premier, bronzé, apparemment dans une forme éblouissante, plus jeune que jamais. De toute évidence, son voyage au Brésil lui avait réussi ! Valentine ne lui avait jamais vu aussi bonne mine. Physiquement, il avait l'air plus robuste, et ses yeux reflétaient une curiosité inhabituelle. Peut-être même son regard était-il devenu un peu trop vif, trop dur et critique.

Pourtant, quand il se posa sur Valentine, il s'illumina brusquement.

— Eh bien, mais c'est la petite Valentine ! s'exclama Richard. Si je m'attendais à cela ! C'est un comité d'accueil ?

Il pressa ses deux mains dans les siennes. Visiblement, ces retrouvailles lui causaient un plaisir sincère… et il n'avait même pas remarqué la présence de Roxanne. A vrai dire, dans la confusion du moment, elle se retrouvait perdue au milieu de Mme Duffy et des nouveaux gardiens, et dissimulait son visage derrière d'immenses lunettes noires. Quelques années auparavant, elle n'aurait jamais réussi à passer inaperçue, et le flamboiement de ses cheveux roux aurait immédiatement attiré l'attention de Richard.

Cependant, pour l'instant, il était trop absorbé par Valentine, et l'assaillait de questions. Elle s'efforçait d'y répondre de son mieux. Bientôt, à leur tour, les amis de Richard pénétrèrent dans le hall d'entrée. Une jeune fille superbe s'approcha de lui, et lui reprocha d'un air boudeur d'avoir oublié dans son appartement londonien un objet précieux.

Elle ressemblait un peu à Roxanne, mais ses cheveux étaient plus foncés, auburn, et ses yeux avaient la couleur bleue du saphir. Quant à son teint, Valentine n'en avait jamais vu de si pur et transparent ! Quelle beauté éblouissante !

Scandinave, elle évoquait vraiment, par toute sa personne, les splendeurs des paysages nordiques. En la voyant, on songeait immédiatement aux grandes étendues éclatantes de blancheur, aux montagnes dont les sommets enneigés se perdent dans les nuages, à l'eau limpide des lacs, aux forêts fraîches et mystérieuses... Son corps frêle et gracieux paraissait aussi souple qu'un jeune bouleau. Elle posait sur Richard une main possessive, et lui parlait d'une petite voix plaintive, nerveuse :

— Richard, ce coffret à bijoux en cuir que vous m'avez offert le semaine dernière, gémit-elle. Eh bien, nous l'avons oublié à l'appartement !

Elle se mordit la lèvre, au bord des larmes, semblait-il.

— Vous auriez dû m'y faire penser, ajouta-t-elle. Vous savez combien j'y tiens.

— Ma chérie, ne soyez pas si capricieuse, répondit Richard. Nous l'enverrons chercher.

Ensuite, il fit les présentations :

— Miss Dana Jorgensen, ma fiancée. Miss Valentine Shaw, une très vieille amie.

Valentine se sentit défaillir, comme frappée en plein cœur par un coup de poignard. Pourtant, elle parvint à se ressaisir, et fit la connaissance de la mère de Miss Jorgensen ; puis elle reconnut sans peine le dernier invité, le docteur Gilles Lemoine. Elle lui tendit machinalement la main, et, sous son regard étonné, s'empressa de réparer une terrible injustice : Roxanne était restée dans l'ombre. Personne, encore, ne l'avait remarquée.

— Richard, déclara Valentine sur un ton insistant, il y a ici quelqu'un que tu connais beaucoup mieux que moi, et que tu n'as pas vu depuis très longtemps.

Roxanne enleva ses lunettes noires. Pâle comme une apparition, elle fixa Richard longuement, de ses yeux ardents où se reflétait son orgueil blessé.

Il se figea sur place, et, pendant quelques secondes interminables, fut incapable de proférer un son. Il semblait ébranlé par le choc. Soudain, il s'approcha de Roxanne et la dévisagea avec attention. Aucun détail ne lui échappa.

— Tu as été malade ? demanda-t-il. Récemment ?

Elle hocha la tête.

— Ma santé n'est pas très bonne, depuis quelque temps. Un an environ.

Le docteur Lemoine s'était avancé, et observait également Roxanne. Quand celle-ci parvint enfin à détacher son regard du visage de Richard, elle l'aperçut, et, à l'étonnement général, vacilla, visiblement troublée.

— Vous ici ! souffla-t-elle. Vous !

Elle prononça ce dernier mot dans un murmure presque inaudible et s'évanouit. Elle tomba par terre, au milieu du hall d'entrée, avec une telle intensité dramatique que personne ne réagit. Seul, le docteur Lemoine fut assez prompt pour l'empêcher de heurter trop violemment le sol. Il parvint à glisser un bras derrière ses épaules et sous sa tête. Puis il la souleva de terre, et la porta sur le canapé du salon.

Il s'adressa à Richard par-dessus son épaule :

— Donne-lui vite un peu de cognac ! Et fais-lui préparer un lit, si tu as encore de la place.

Roxanne fut ainsi la première à occuper une chambre. Le soleil couchant de ce beau mois de juin inondait la pièce de sa lumière dorée, quand elle rouvrit enfin les yeux.

La plus vive agitation régnait dans la maison. De la ruche bourdonnante des cuisines s'élevaient des voix énervées qui répétaient les ordres avec autorité. Mme Duffy remplissait d'eau chaude toutes les bouillottes disponibles ; le nouveau gardien apporta à boire à Richard, qui arpentait nerveusement la bibliothèque, tandis que sa femme fouillait les armoires à la recherche de couvertures supplémentaires. L'une des servantes s'employait à satisfaire les désirs des deux invitées féminines. A l'étage, le docteur Lemoine donnait ses instructions concernant la malade, et Valentine tâchait de les exécuter de son mieux.

Elle revêtit Roxanne d'une chemise de nuit empruntée à Mme Jorgensen. Puis Mme Duffy plaça ses bouillottes dans le lit, et aida à masser les membres glacés de Roxanne. La jeune femme resta longtemps inconsciente, et, quand elle revint à elle, ne reconnut pas tout de suite Valentine. Son regard fut immédiatement attiré par la silhouette sombre qui veillait au pied du lit, et la contemplait avec une étrange fixité. Elle essaya alors de parler, mais sembla totalement incapable d'articuler une phrase cohérente.

Se souvenant de la détresse de son amie lorsqu'elle avait reconnu le docteur, Valentine lui jeta un coup d'œil inquiet.

— Ne vaudrait-il pas mieux… vous éclipser pendant un petit moment ? suggéra-t-elle.

Néanmoins, Gilles Lemoine ne fit aucun cas de son observation, et se rapprocha de la malade pour prendre son pouls.

— Vous vous sentez mieux ? demanda-t-il sur un ton extraordinairement doux. Vous commencez à reprendre des couleurs.

— Oui, je vous remercie, répondit-elle d'une voix enrouée. Mais je ne sais plus très bien où je suis, ni comment j'y suis arrivée.

— Vous êtes à *Bladon's Rock*, dans la maison de

Richard Sterne, lui expliqua Lemoine, en ayant soin d'articuler très distinctement.

Ensuite, il s'assit sur le bord du lit, et planta son regard dans celui de Roxanne, comme s'il avait voulu mettre son cœur à nu, ou bien l'hypnotiser.

— Vous êtes tombée en syncope, et êtes restée sans connaissance pendant un long moment, continua-t-il. Je vous déconseille de retourner chez Miss Shaw ce soir ; vous êtes trop faible. A votre place, je m'installerais ici pour la nuit. Confortablement installée, bien au chaud, vous dormirez tranquille. Vous avez grand besoin de sommeil.

Il tenait toujours son poignet entre ses doigts, et Valentine eut l'impression que Roxanne essayait en vain de dégager sa main.

— Je me sens très fatiguée, concéda-t-elle faiblement.

Parvenant enfin à se libérer du regard rivé sur elle, elle se tourna vers Valentine, debout à côté du lit.

— Je suis désolée, Val, de te causer tous ces ennuis, souffla-t-elle. Mais j'en ai trop fait, je crois...

Puis, comme si tout lui revenait d'un coup en mémoire, elle ajouta :

— C'est bien sa fiancée, n'est-ce pas ? La jolie jeune fille au nom scandinave ?

Dans le couloir, Valentine interrogea le docteur du regard, et il lui répondit avec un léger haussement d'épaules.

— Elle ne va pas bien du tout. En fait, elle est très malade. Elle devra rester ici quelques jours, j'en ai peur. Peut-être plus...

— Richard ne sera peut-être pas d'accord pour lui donner asile. Après tout, sa demeure n'est pas une maison de convalescence, objecta Valentine.

— Ce sont de vieux amis. Il ne peut pas lui refuser ce service, répliqua Gilles Lemoine en la dévisageant de ses yeux noirs et pénétrants.

— Vous n'allez pas passer votre temps à la soigner ? Vous êtes en vacances, non ?

— Justement, j'allais suggérer d'appeler le médecin du village. Non pas que je sois avare de mon temps, mais cela me paraît plus convenable.

— Je passerai chez lui en retournant à la maison, si vous voulez.

— Non, je désire lui parler personnellement. Je lui téléphonerai.

— Très bien.

Ils se dirigèrent vers l'escalier. Soudain, Valentine se retourna vers lui, et, cédant à une brusque impulsion, demanda :

— Vous la connaissiez déjà, n'est-ce pas ? Vous vous étiez déjà rencontrés ?

Gilles Lemoine la scruta longuement, comme si cette supposition était tout à fait saugrenue. Il ne semblait pas non plus décidé à se souvenir de Valentine.

— Quelle idée ! s'exclama-t-il. Qu'allez-vous imaginer ?

Indignée par sa mauvaise foi, elle lui rappela les faits :

— Roxanne s'est évanouie au moment précis où elle vous a vu, en s'écriant : « Vous ici ? Vous ! »

— Mise en scène très théâtrale et convaincante, je vous l'accorde ! rétorqua-t-il. Cependant n'en tirez pas de conclusions hâtives. Je ne connais pas cette femme. Les états de grande faiblesse provoquent parfois des hallucinations. D'ailleurs, Miss Bladon ne m'a plus rien dit, après avoir recouvré ses esprits. Vous l'avez remarqué, je pense ?

— Oui, mais c'est pour une raison bien précise. Vous lui avez ordonné par télépathie de garder le silence. Et elle vous a obéi.

Soudain, il se mit à rire doucement. Appuyé contre le mur, il la regarda d'un air tellement amusé que, loin de se sentir convaincue, Valentine rougit de colère et de dépit. Intrigué par sa réaction inattendue, Gilles

Lemoine la détailla encore plus attentivement. Il fut frappé par la simplicité de son apparence. La jeune fille portait une petite robe de cotonnade, bleu vif, très ordinaire, mais qui faisait ressortir ses yeux noisette et l'or pâle de ses cheveux. La modestie de sa mise accentuait le côté vulnérable de sa nature qui avait déjà séduit plus d'un homme. Cependant, elle les avait tous dédaignés.

— Vous ne devez pas le faire exprès, pourtant je vous trouve très drôle, Miss Shaw, déclara le docteur Lemoine.

Une flamme indignée s'alluma dans le regard de Valentine.

— Des navires qui se croisent dans la nuit... lui rappela-t-elle. Vous vous souvenez ? Quand j'ai évoqué l'éventualité de vous revoir, vous l'avez rejetée comme très improbable. Néanmoins, nous nous rencontrons à nouveau, vous voyez bien...

— Me suis-je réellement montré si peu galant ? demanda-t-il d'un air moqueur. Je devais être bien fatigué... Il était très tard, si je me souviens bien ?

— Ainsi, vous n'avez pas oublié ?

— Non. Cette nuit est restée intacte dans ma mémoire : les gens ennuyeux entassés dans le salon de Richard, la pièce de théâtre mortelle que nous avions été obligés d'endurer pendant la première partie de la soirée, votre enthousiasme devant le spectacle du soleil levant. Vous me paraissiez si fraîche et si naïve... Vous aviez gardé la candeur de l'enfance.

— Merci, docteur, murmura-t-elle d'un air mélancolique.

— Ne me remerciez pas... Cependant, ne vous méprenez pas sur moi : ma mémoire est infaillible.

— Je n'en doute pas.

Et elle ajouta tout bas, comme pour elle-même :

— En tout cas, celle de Roxanne aussi...

Au rez-de-chaussée, elle entendit Richard dans la bibliothèque, et frappa à la porte. Les sourcils froncés, le visage curieusement dénué d'expression, il arpentait la pièce. Quand Valentine entra, il leva brusquement la tête.

— Je retourne au cottage chercher quelques affaires pour Roxanne, annonça-t-elle. Vous devrez l'héberger pendant plusieurs jours, j'en ai peur.

— Comment va-t-elle ?

Gilles Lemoine, qui avait suivi la jeune fille, répondit à sa place :

— Elle est incapable de se déplacer. De toute façon, sa chambre est à l'écart, et elle ne dérangera pas tes invités.

— Je ne pensais pas à cet aspect du problème, rétorqua Richard d'un ton grinçant.

— Il faudra appeler le médecin du village, continua son compagnon. Je ne peux pas accepter la responsabilité de soigner seul une malade que je ne connais pas.

— Naturellement, approuva Richard d'un air absent. Tu as un téléphone ici, ou dans l'entrée, et un autre à l'office.

— Je vais téléphoner à l'office, décida le docteur Lemoine.

— Comme tu veux.

Dès qu'ils furent seuls, Valentine présenta ses excuses à Richard.

— Ah ! Si seulement nous n'étions pas venues ici aujourd'hui ! Rien ne serait arrivé. Roxanne se rétablissait petit à petit, mais elle tenait tant à être présente pour ton arrivée...

Valentine guettait l'expression de Richard, cependant il se détourna vivement.

— Je ne comprends pas pourquoi elle était si anxieuse, poursuivit-elle. En tout cas, nous n'avions aucun droit d'être ici...

Richard écrasa d'un geste nerveux la cigarette qu'il venait d'allumer, et en prit immédiatement une autre dans le coffret en bois de cèdre. Puis il demanda d'une voix blanche :

— Depuis combien de temps Roxanne est-elle avec toi ? Je croyais tout le monde sans nouvelles...

— Elle est chez moi depuis une semaine environ. Elle était dans un triste état, je m'en suis rendu compte tout de suite.

— Et tu t'es occupée d'elle ?

— Nous avons décidé de vivre ensemble. C'est la seule solution raisonnable. Elle n'a pas d'argent.

Il se retourna et lui adressa spontanément un sourire chaleureux, presque admiratif. Il lui mit la main sur l'épaule, et la serra affectueusement.

— Chère Valentine ! s'écria-t-il. Comme cela te ressemble ! Tu as toujours été si gentille !

Décontenancée, elle rougit violemment à ce compliment.

— Je... je devrais te féliciter... pour tes fiançailles, bégaya-t-elle.

Richard se rembrunit aussitôt, et son expression devint très distante.

— Ne prends pas cette peine, répliqua-t-il. Tu sais, un homme doit bien finir par se marier, un jour ou l'autre ; il est grand temps pour moi, maintenant. Ma mère n'arrête pas de parler de petits-enfants, et... j'ai résolu de lui faire plaisir. D'ailleurs, j'ai assez erré dans ma vie. Il faut bien se fixer un jour.

Oui, songea Valentine un peu hébétée. Quel vagabond il était devenu depuis le départ de Roxanne ! Comme il avait dû souffrir ! Et il ne paraissait pas vraiment guéri... Sa mère avait envie d'enfants autour d'elle. Quelle drôle de façon de justifier sa décision ! L'élue de son cœur ressemblait étrangement à Roxanne au même âge. Son choix était troublant...

Une angoisse indéfinissable étreignit la jeune fille. Elle souffrait cruellement. La gorge serrée, elle se dirigea vers la porte.

— Je vais te reconduire chez toi, proposa Richard. Ma voiture est encore dans l'allée.

— Ce n'est pas la peine, je rentrerai à pied. C'est une promenade agréable.

— Ne sois pas ridicule !

Puis, la prenant par le bras, il ajouta :

— Pourquoi ne viendrais-tu pas passer quelques jours avec nous, Val ? Roxanne serait ravie de ta compagnie, comme nous tous.

Valentine secoua la tête énergiquement.

— Non, j'ai trop de choses à faire au cottage. Mais je monterai tous les jours, bien sûr. Je n'abandonnerai pas Roxanne.

Comme ils arrivaient devant l'escalier, Dana Jorgensen se précipita à leur rencontre. Elle s'était déjà habillée pour le dîner. Eblouissante de beauté et d'élégance, on aurait dit une gravure de mode. Elle glissa son bras sous celui de son fiancé :

— Chéri, où allez-vous ? Vous m'aviez promis de me faire visiter la maison. Vous étiez introuvable, aussi Mère et moi avons attendu dans ma chambre. Vous êtes incorrigible !

— Je vous promets de me racheter. Laissez-moi d'abord raccompagner Miss Shaw, répondit-il avec un sourire forcé.

Puis, comme pour effacer la désinvolture de son attitude, il lui prit gentiment le menton, et l'embrassa sur le front, entre les sourcils délicatement dessinés.

— Nous nous sommes tous affolés, s'excusa-t-il. L'état de Miss Bladon est assez inquiétant.

— Devra-t-elle rester ici ? s'enquit Dana avec une grimace.

Un certain dégoût se lisait sur son visage : la répugnance de la jeunesse devant tous les signes de maladie ou de déchéance. A ses yeux, indubitablement, Roxanne paraissait vieille et sans intérêt.

— Que faisait-elle ici, d'ailleurs ? interrogea-t-elle.

— Elle habitait ici autrefois, quand cette maison appartenait encore à la famille Bladon. Elle voulait simplement que tout soit parfait pour notre arrivée, expliqua-t-il patiemment, un peu comme s'il s'adressait à une enfant.

Néanmoins, derrière son calme apparent, Valentine crut deviner une légère irritation.

— Soyez sage, et attendez-moi gentiment. Gilles vous servira l'apéritif, ajouta-t-il en voyant son ami sortir de l'office.

— Quel honneur pour moi ! répliqua celui-ci en s'inclinant devant Dana d'un air moqueur. A moins que je ne reconduise moi-même Miss Shaw ? suggéra-t-il en posant sur Valentine un regard nonchalant.

Mais celle-ci serra impulsivement le bras de Richard. Elle trouvait le docteur Lemoine trop déroutant, et ne se sentait pas le courage, après toutes les émotions de la journée, d'affronter à nouveau sa présence.

— Restez donc ici tous les deux ! proposa-t-elle. Je peux très bien rentrer seule.

Richard l'empoigna fermement par le bras.

— Ne fais pas l'enfant ! lui dit-il. Je viens avec toi, naturellement. Le temps paraîtra court à Dana, en compagnie de Gilles. Les jolies femmes l'adorent !

Le lendemain matin, la belle voiture grise du docteur Lemoine se gara devant le cottage de Valentine. Elle venait juste de terminer la vaisselle du petit déjeuner, car Mme Duffy était déjà retournée à *Bladons's Rock* pour voir comment les deux nouvelles servantes se débrouillaient. L'air était vif, et la jeune fille avait revêtu des jeans et un vieux pull-over.

Très élégant dans un costume gris perle, la cravate impeccablement nouée, Gilles Lemoine remonta lentement l'allée du jardin. Valentine avait entendu le bruit du moteur, et s'était précipitée au-dehors.

— Miss Bladon a passé une bonne nuit, annonça-t-il en remarquant son air inquiet. Elle a très bien dormi.

— Vous lui avez administré un calmant ?

Il hocha la tête.

— Elle en a besoin, le médecin du village est d'accord avec moi. Miss Bladon vit sur les nerfs depuis des mois. Sa résistance s'est amenuisée petit à petit, et, en retrouvant la maison de son enfance, elle s'est effondrée brutalement. A présent, sa tension s'est relâchée ; elle ne lutte plus, et paraît tout à fait résignée à rester où elle est.

— C'est impossible, pas dans la maison de Richard ! s'écria Valentine, affolée. Que pensera sa fiancée ? Et sa mère ?

Il haussa les épaules.

— Quelle importance ? Elles ne la remarqueront même pas, dans cette grande demeure où des domestiques s'affairent dans tous les coins. Richard ne souffrira pas non plus de sa présence. Quant à Miss Bladon, c'est probablement le seul endroit au monde où elle puisse trouver un peu de repos.

Les yeux dans le vague, Valentine s'absorba dans ses pensées, et son compagnon dut la rappeler à la réalité :

— Puis-je entrer ? Vous avez là un bien joli cottage... Les fleurs de votre jardin sont ravissantes. Comme l'atmosphère doit être douillette, à l'intérieur, bien à l'abri derrière ces gros murs de pierre ! Vos fenêtres donnent toutes sur la mer ?

— Celles de derrière ouvrent sur un autre jardinet, protégé par de hauts murs, où j'aime bien m'isoler pour savourer quelques instants de paix. Entrez, docteur, dit-elle en s'écartant du passage. Excusez le désordre, mais ma femme de ménage m'a fait faux bond ce matin.

— Tout me paraît pourtant très bien rangé, commenta-t-il lorsqu'elle le fit pénétrer dans le salon.

A la vue des quelques pièces de collection, ses yeux se mirent à briller.

— Superbe ! s'exclama-t-il avec conviction, en examinant l'un des petits chats de jade. Et sans prix ! Vous fermez soigneusement vos fenêtres la nuit, j'espère... Et cette sculpture, ajouta-t-il en caressant de la main un buste de bronze, est absolument magnifique. C'est votre œuvre ?

— Oui.

— Vous êtes une artiste de talent...

Puis il considéra avec intérêt d'autres objets d'art. Valentine désirait aborder le sujet qui la préoccupait, et découvrir le véritable motif de sa visite. Pourquoi était-il venu la voir, cet homme pour qui les gens n'étaient que des navires invisibles croisés dans la nuit ?

— Docteur... commença-t-elle.

— Appelez-moi Gilles, répliqua-t-il avec un petit sourire en coin. Nous ne sommes pas à l'hôpital, ni dans mon cabinet de consultation ! Ce titre trop formel ne me plaît guère ; après tout, nous nous sommes connus lors d'une soirée amicale.

Valentine hésita.

— Peut-être, mais vous n'aviez pas l'air d'avoir tellement envie de me revoir, rétorqua-t-elle.

Il éclata de rire, de son petit rire moqueur et irritant.

— Allons ! Sans vouloir vous offenser, je croyais vraiment infimes les chances de vous rencontrer à nouveau.

— Bien sûr, si on laisse au hasard le soin d'arranger ces choses... Si vous l'aviez voulu, vous auriez pu me demander mon numéro de téléphone, par exemple...

Il s'approcha d'elle, et, la prenant par les épaules, l'observa d'un air ironique.

— Si vous continuez, je serai bientôt persuadé d'avoir fait sur vous une impression absolument remarquable !

La jeune fille rougit, et détourna la tête. Oh, comme elle haïssait ses réactions d'écolière ! Elle n'arrivait jamais à se contrôler, et s'empourprait si facilement ! Aux yeux de Gilles Lemoine, elle devait apparaître comme quelqu'un de tout à fait transparent. Pourtant, en toute honnêteté, elle ne comprenait pas pourquoi elle s'était sentie vexée, ce jour-là, lorsqu'il avait dédaigné l'éventualité d'une deuxième rencontre...

— C'est absurde ! s'exclama-t-elle, en s'arrachant vivement à la pression de ses mains.

Cependant elle évita soigneusement son regard.

— De toute manière, nous ne risquons pas de nous revoir très souvent, poursuivit-elle. Vous ne resterez probablement pas très longtemps dans un endroit aussi isolé. Vos occupations vous rappelleront bientôt en ville, je suppose.

— En réalité, je me propose de demeurer ici pendant au moins une semaine. Je mérite bien quelques vacances, et j'adore la mer. J'aime beaucoup *Bladon's Rock*.

— Mais vous n'allez pas passer votre temps à soigner Roxanne ? Il faudra laisser ce soin au docteur Eustache.

— Nous nous sommes mis d'accord tous les deux, et nous nous occuperons d'elle ensemble. Ce médecin est un bon généraliste, cependant votre amie ne souffre pas seulement de faiblesse physique. Son état nécessite également les soins d'un neurologue.

Valentine lui jeta un coup d'œil inquiet.

— Elle prend des cachets, l'informa-t-elle. Très souvent dans la journée. Je me demande ce que c'est, car elle semble en avoir grand besoin. Vous êtes au courant, monsieur Lemoine ?

— Gilles, corrigea-t-il gentiment. N'ayez aucune crainte, votre amie est en de bonnes mains.

— J'en suis très heureuse, assura-t-elle, presque humblement, en le raccompagnant à la porte.

La légère brume matinale s'était complètement évaporée, et la journée s'annonçait radieuse. La mer miroitait sous le soleil qui promettait d'être chaud, encore aujourd'hui. Avec une petite pointe de nostalgie, Valentine songea au hors-bord de Richard fendant les eaux bleues et profondes. Elle pourrait se faire inviter... Ils pique-niqueraient au fond d'une crique abritée, sur le sable chaud, et partiraient ensuite explorer les grottes, escalader les rochers du rivage... Mais elle devait faire la lessive, pour elle et pour Roxanne ; puis elle déjeunerait et irait passer l'après-midi auprès de la malade.

Elle enleva son pull-over, et apparut habillée d'une chemisette en soie de couleur vive, très seyante.

— Vous irez probablement tous vous baigner, ce matin, déclara-t-elle. Richard adore nager...

— Lui oui, mais pas Miss Jorgensen, répliqua Gilles Lemoine. Ils ont projeté une promenade en voiture, pour cet après-midi. J'ai un message à vous transmettre de la part de Richard : préparez votre valise, je vous emmène avec moi à *Bladon's Rock*.

Un instant, Valentine fut tentée d'accepter. Néanmoins, elle se reprit aussitôt et secoua la tête.

— Ce ne serait pas très gentil de ma part d'infliger une présence supplémentaire à Richard. C'est très aimable à lui, toutefois je ne veux pas abuser de son hospitalité.

— Alors, venez au moins déjeuner.

Il la contemplait avec une expression étrange au fond des yeux ; un léger sourire flottait sur ses lèvres.

— Allez vous changer. Je vous attends, dit-il en posant gentiment la main sur son épaule. Je vais admirer les roses de votre jardin.

Roxanne était confortablement installée sur ses oreillers. Elle paraissait plus calme et reposée, cependant il émanait de tout son être une telle impression de fragilité que Valentine en eut le cœur serré. Comme elle avait l'air vulnérable ! Une feuille frissonnante, menacée par le vent d'automne...

Elle portait une jolie liseuse offerte par Valentine, et avait déjà pris possession des lieux : ses affaires personnelles étaient éparpillées un peu partout.

Dans la salle de bains attenante, les serviettes jaunes s'harmonisaient avec les rideaux et le couvre-lit en satin, de la même couleur. Ces tons doux avantageaient Roxanne, mettant en valeur le roux de sa chevelure.

— J'aurais préféré le décor somptueux de la chambre blanche, remarqua-t-elle, une lueur de déception dans ses yeux verts. Mais elle revient de droit à Miss Jorgensen, je le conçois fort bien. La bleue m'aurait plu également, avec son si beau tapis noir. On l'a donnée à sa mère... Enfin, celle-ci me convient. Elle est grande et claire, et la vue sur la mer est splendide.

L'air triste et mélancolique, elle se perdit un moment dans la contemplation du paysage inondé de soleil.

— Richard est venu te voir ? demanda Valentine.

A cette question, le visage de Roxanne s'illumina soudain.

— Oh oui ! Hier soir, et ce matin de bonne heure. Il s'est montré extrêmement gentil. Je peux rester ici aussi longtemps que je le veux. Vraiment, il me comble d'attentions, et il est prêt à satisfaire le moindre de mes désirs.

Valentine évita délibérément son regard.

— Tu n'as pas encore parlé à sa fiancée, je suppose ?

Pas le moins du monde affectée, Roxanne s'amusa franchement de cette question.

— Non. Mais elle ne manquera pas de me rendre visite, j'en suis sûre. Elle me ressemble, tu ne trouves pas ? Pauvre Richard ! Il a essayé de se consoler comme il a pu.

Valentine se devait de la mettre en garde. Roxanne imaginait occuper encore la première place dans le cœur de Richard, pourtant elle se trompait lourdement. Il avait complètement oublié le passé, et ses fiançailles avec Dana Jorgensen étaient une affaire tout à fait sérieuse, du moins Valentine en avait-elle l'impression. Peut-être, effectivement, n'était-il pas très amoureux d'elle, mais il avait la ferme intention de l'épouser. Il avait rompu avec ses souvenirs. Un homme ne pouvait pas s'enfermer dans son chagrin, et pleurer éternellement la perte d'un amour... De plus, il devait songer à sa position sociale ; il avait un rang à tenir. Son appartement et sa maison réclamaient une présence féminine... et sa mère voulait des petits-enfants.

L'amour le plus absolu s'étiolait avec le temps, quand il n'était pas payé de retour, et que rien ne venait alimenter sa flamme...

Valentine se demandait comment présenter les choses à Roxanne sans la blesser, mais, subitement, son amie changea de sujet et évoqua la personne de Gilles Lemoine.

— C'est un médecin remarquable, observa-t-elle. J'ai déjà entendu parler de lui. Il s'est fait un nom, il y a plusieurs années, avec la guérison spectaculaire d'un homme politique connu.

— Tu... tu ne l'avais jamais rencontré auparavant ? s'enquit Valentine en la scrutant attentivement.

— En tout cas, je n'en ai pas souvenir, répondit Roxanne, que les questions de sa compagne semblaient décidément beaucoup amuser... Pourquoi ? Il t'a parlé de moi ?

— Non. Cependant, hier, juste avant de t'évanouir, tu as paru profondément ébranlée par sa présence...

Le regard de Roxanne se voila. Soudain lassée par la conversation, elle se retourna impatiemment dans son lit.

— Je vais dormir un peu, maintenant, ma chérie, si tu veux bien me laisser. C'est la seule chose dont j'ai vraiment envie. Si je m'écoutais, je dormirais tout le temps.

Valentine redescendit au rez-de-chaussée, et rencontra Dana dans l'entrée. Vêtue d'un short et d'une tunique bain de soleil, elle revenait du jardin et salua brièvement la jeune fille. La fiancée de Richard ne s'offusquait peut-être pas de la présence des deux intruses, mais, de toute évidence, elle ne l'appréciait guère. D'ailleurs, c'était parfaitement compréhensible.

Au déjeuner, Valentine fut placée à côté du docteur Lemoine. Il s'était changé et avait passé un pantalon de toile et une chemisette à col ouvert. Sa voisine se demanda comment il avait pu bronzer si vite. Il avait la peau mate, et sans doute ce hâle lui était-il naturel. L'observant du coin de l'œil, elle le trouva très séduisant, avec ses longs cils recourbés, presque féminins dans ce visage à la bouche extrêmement virile, au menton dur et résolu.

— Vous avez parlé de baignade ce matin, lui déclara-t-il. Et si je venais vous chercher demain, de bonne heure ? Vous connaissez sûrement des tas de jolis coins tranquilles ?

Un peu surprise par cette invitation, Valentine le regarda.

— Nous pourrions y aller tous ensemble, suggéra-t-elle. C'est-à-dire… si les autres en ont envie…

Gilles Lemoine désigna discrètement Dana.

— Les gens souhaitent parfois rester seuls, objecta-t-il avec ironie. Surtout quand ils sont fiancés…

Les joues de Valentine s'empourprèrent.

— Suis-je sotte ! s'exclama-t-elle. Eh bien.. d'accord ! J'accepte votre aimable proposition.

— A quelle heure vous levez-vous, habituellement ?

— Vers sept heures.

— Bien. Je passerai vous prendre à six heures et demie, et, si vous n'êtes pas réveillée, je lancerai des graviers contre votre fenêtre. Au fait, laquelle est-ce ?

— Ma chambre est à l'étage, juste au-dessus du salon. De toute façon, il n'est guère possible de se tromper. Ma maison est si petite !

— Les chaumières les plus accueillantes ne sont pas forcément les plus grandes ! répliqua-t-il avec un sourire malicieux.

7

Le lendemain matin, Valentine fut réveillée par une poignée de cailloux lancés contre ses volets. Elle ouvrit vivement la fenêtre. Gilles Lemoine l'attendait, en peignoir de bain, une serviette sous le bras.

Elle s'habilla rapidement, et le rejoignit dans le jardin au bout de quelques minutes. Sur son ravissant bikini, elle avait passé une robe de plage en tissu éponge, et portait son bonnet de bain à la main.

Elle se sentait encore tout engourdie de sommeil et avait du mal à garder les yeux ouverts. Son compagnon sourit en la voyant cligner des yeux à la lumière, et lui conseilla de se coucher plus tôt. Valentine protesta : elle avait veillé, en effet, mais seulement pour terminer l'une de ses œuvres.

— Rien ne vous y obligeait, se moqua-t-il.

— Je dois bien gagner ma vie !

Il la regarda du coin de l'œil.

— Et le mariage ? demanda-t-il soudain. Vous n'y songez jamais ? Ne vous est-il jamais venu à l'esprit de consacrer à un mari le temps que vous passez à travailler ? Il gagnerait l'argent à votre place. Vous sculpteriez uniquement pour votre plaisir.

Elle s'élança en courant vers le petit sentier qui descendait à la plage.

— Il est trop tôt pour ce genre de discussion ! lança-t-elle.

Gilles Lemoine se mit à rire, et l'observa d'un air rêveur.

— Vous avez raison, répliqua-t-il. Certains moments sont plus propices pour songer au mariage. En tout cas, pas le matin, à l'heure où les couples généralement se défont, quand les maris partent gagner l'argent du ménage. Mais la nuit...

A cet instant, leurs yeux se croisèrent, et Valentine rougit de confusion. Elle ôta vivement sa robe et se précipita vers l'eau. Elle plongea dans les vagues la tête la première, et s'éloigna d'un mouvement rapide et sûr.

Ils étaient tous deux d'excellents nageurs, et Gilles Lemoine possédait vraiment un style extraordinaire. En ce début de journée d'une douceur exquise, l'air était juste assez frais pour que la mer paraisse tiède, et les membres se réchauffaient vite au contact de l'eau. Valentine ferma à demi les yeux, et se mit à nager vigoureusement vers l'horizon, s'abandonnant à une délicieuse sensation de liberté. Elle revivait, dans l'élément liquide, et ne connaissait pas de plaisir physique plus intense que la natation.

Toute proche, la voix de son compagnon l'appela.

— Vous ne devriez pas aller si vite ! cria-t-il. Vous vous épuisez ! Vous n'avez pas l'intention de traverser la Manche, tout de même ?

Elle tourna la tête, et battit des paupières : les gouttes d'eau accrochées à ses cils lui brouillaient la vue.

— Pourquoi pas ? lança-t-elle.

— Alors, je vous accompagne !

Il vint nager à ses côtés, puis la devança. Son battement de jambes dépassait en puissance celui de la jeune fille, mais elle essaya de l'égaler, et redoubla d'énergie malgré sa mise en garde. Elle ressentait son attitude comme une sorte de défi, et se voyait dans l'obligation de le relever. A aucun prix elle ne s'avouerait vaincue par un homme qui ne connaissait pas ces eaux aussi bien qu'elle. De plus, s'il gagnait, il se permettrait sûrement de complimenter ses efforts avec une condescendance amusée et — qui sait? — se proposerait même de lui donner des leçons.

Elle employa donc toutes ses forces et toute sa volonté à le rattraper. Son exaltation grandissait à mesure que la distance se comblait. A bout de souffle, elle lui lança :

— Le premier arrivé à l'île !

— C'est trop loin !

Mais elle s'élança sur les flots bleus, et il partit à sa poursuite. Subitement, elle fut saisie d'une crampe au pied gauche. Bientôt, une horrible douleur commença aussi à tenailler le mollet de sa jambe droite. Terrifiée, elle eut le réflexe de se mettre aussitôt sur le dos, et de faire la planche. Gilles Lemoine comprit immédiatement ce qui lui arrivait.

— Ne vous inquiétez pas, cria-t-il. Je vais vous sortir de ce mauvais pas.

Il lui conseilla de s'en tenir à ses ordres, et de ne tenter aucun effort. Il passa un bras sous les épaules de Valentine, et, avec une aisance déconcertante, la ramena jusqu'au rivage. Elle obéit docilement à ses instructions. Elle avait toute confiance en lui, et se laissa entraîner. Une fois arrivés sur la plage, il la porta dans ses bras et la déposa sur le sable chaud. Puis il s'agenouilla à côté d'elle.

Les lèvres bleuies de la jeune fille reprirent un peu de couleur, cependant elle tremblait de tous ses membres. Son compagnon l'enveloppa dans une serviette, et se mit à lui masser doucement les jambes. Bientôt, le sang recommença à circuler, et les muscles retrouvèrent leur élasticité. Valentine lui adressa un pauvre petit sourire, et déclara toute confuse :

— Quelle chance d'avoir un docteur sous la main ! J'ai voulu me surpasser, et j'ai mal apprécié ma capacité de résistance.

— Pourquoi avoir fait cela? demanda-t-il en fronçant les sourcils.

Il glissa son bras sous la tête de Valentine, et le contact de sa peau sur son cou procura à la jeune fille une délicieuse sensation de chaleur.

— Je l'ignore, répondit-elle d'un air étonné. J'ai horreur de perdre ! avoua-t-elle enfin.

— Surtout devant un homme ! Un homme qui, de surcroît, a affecté l'indifférence à votre égard ! répliqua-t-il avec un sourire complice.

Elle eut un geste de recul, mais il refusa de la lâcher. Se regardant intensément, comme fascinés, ils oublièrent soudain le monde environnant. Le temps semblait suspendu. Tout à coup, mû par une impulsion irrésistible, Gilles caressa la joue de sa compagne, où brillaient encore quelques gouttes d'eau salée.

— Nous devions nous revoir, murmura-t-il d'une voix rauque. J'en avais le pressentiment...

— Moi aussi.

Cependant, l'étonnement perçait dans l'intonation de Valentine.

— Et maintenant, ne vous lancez plus dans des entreprises aussi téméraires, conseilla-t-il en montrant l'océan d'un geste large. Vous risqueriez votre vie. Il suffit d'une fois...

— Je sais, l'interrompit-elle, un peu honteuse.

Il lui prit le menton dans la main pour l'obliger à le fixer, et lui sourit :

— Dieu merci, vous êtes saine et sauve...

Puis il se pencha, et effleura ses lèvres d'un baiser. Pendant quelques secondes, sa bouche s'attarda au-dessus du visage de Valentine et, tout à coup, il se mit à l'embrasser avec une ardeur farouche. Instinctivement, elle lui rendit son étreinte passionnée. Le même désir inexplicable les ravageait. Ils partagèrent un instant de bonheur intense, et leurs lèvres mêlées retrouvèrent avec un plaisir violent le goût salé de la mer.

Soudain, Gilles se releva :

— Excusez-moi, je n'aurais pas dû... Remettez votre robe. Je vais vous reconduire au cottage. A moins que vous ne désiriez prendre le petit déjeuner à *Bladon's Rock*?

Valentine secoua ses mèches mouillées.

— Non, je préfère rentrer chez moi.

Cependant à mi-chemin, il arrêta la voiture, et lui dit d'une voix ferme :

— Pourquoi rester seule, et refuser notre compagnie ? Après le choc de cette mésaventure, vous avez besoin d'un remontant. Venez donc à *Bladon's Rock*.

— Richard ne doit pas être mis au courant. Il a déjà une invalide sur les bras !

— Très bien. Dans ce cas, je m'invite chez vous. Je m'occuperai du petit déjeuner, si vous voulez. Je fais très bien la cuisine !

Il lui sourit, et une vague de bonheur submergea Valentine. En fait, elle n'avait pas envie de se retrouver à la table de Richard, qui était pourtant le soleil de sa vie... jusqu'à ces derniers jours. Elle avait toujours voué à Richard une admiration sans bornes. Mais, comme il demeurait un rêve inaccessible, elle s'était résignée à vivre sans lui un avenir triste et sombre.

Maintenant, la face du monde semblait changée. Et si vite ! En l'espace de quelques instants, songea-t-elle, éberluée. Un simple baiser avait bouleversé sa vie, et c'en était fini de cette longue attente stérile. Plus jamais elle ne se tiendrait devant Richard comme une pauvre mendiante, implorant l'aumône d'un regard ou d'un sourire.

Peu lui importait à présent de savoir s'il était amoureux de Roxanne, ou de Dana Jorgensen, ou de quiconque. Richard ne l'intéressait plus. Un homme était venu, et l'avait embrassée. Grand, Brun, les yeux moqueurs, les cheveux rebelles, son charme félin avait étourdi Valentine, et rejeté dans l'ombre le reste du monde. Sa présence lui redonnait vie et espoir, son contact la réchauffait...

A vingt-six ans, libre et en pleine jeunesse, que de perspectives lui ouvrait cette révélation !

Le regard attentif de Gilles Lemoine la rappela à la réalité. Les yeux brillants et les joues roses, elle lui sourit avec bonheur, et répondit enfin à sa proposition :

— D'accord ! s'écria-t-elle avec entrain. Vous préparerez les œufs au bacon, et je ferai le café. Je pourrai ainsi juger vos talents culinaires !

Elle n'oublia jamais ce petit déjeuner. A la fin, elle se retrouva avec la poêle dans les mains, et s'occupa aussi de griller du pain. Mais Gilles leur prépara un café excellent en évoquant sa vie d'étudiant. Il buvait beaucoup de café en ce temps-là, car il travaillait souvent la nuit, surtout quand il préparait des examens. Sa grand-mère française lui avait donné le goût du bon café, et lui avait appris à le faire. A table, il parla davantage de cette femme autoritaire qui habitait un petit château en Normandie. Dans son enfance, Gilles y avait passé toutes ses vacances. Depuis la mort de sa grand-mère et de son père, il était devenu l'heureux propriétaire de cette demeure.

— Vous y allez souvent ? demanda la jeune fille.

Il avait l'air très français, en fait, et s'exprimait même parfois avec un léger accent qui la fascinait. Il prononçait son nom, par exemple, avec une intonation particulière, vraiment étrangère à la langue anglaise.

— Quelquefois, répondit-il avec un sourire.

Il alluma une cigarette, et contempla Valentine à travers les volutes de fumée bleue.

— Cette propriété donne envie de s'y installer, d'y couler des jours paisibles, expliqua-t-il. Pas en solitaire. Avec une femme et des enfants...

— Mais vous n'êtes pas marié ?

Elle le savait déjà, cependant elle ne trouva rien d'autre à dire.

— Non. Aucune femme n'a jamais éprouvé le désir de m'épouser, répliqua-t-il avec un petit sourire railleur. Je deviens vite insupportable !

— Et...

Troublée, le cœur battant, Valentine s'interrompit.

— Et vous ? reprit-elle. Avez-vous déjà eu envie de vous marier ?

Il hésita un moment, puis éteignit sa cigarette d'un geste lent.

— Non, pas vraiment, répondit-il enfin. Sauf une fois, peut-être... Mais j'ai attendu trop longtemps.

— C'était trop tard ?

— Non.

Il se leva, et la regarda d'un air énigmatique, selon sa vieille habitude.

— Je dois partir maintenant, annonça-t-il. Ma malade m'attend sûrement avec impatience !

Elle l'accompagna jusqu'à sa voiture.

— Au fait, j'allais oublier, déclara-t-il. Richard vous invite à dîner, ce soir. Puis-je passer vous prendre à sept heures ?

— Si cela ne vous dérange pas trop...

— Je ne vous le proposerais pas, si c'était le cas, rétorqua-t-il, les lèvres un peu pincées.

— Merci ! lança-t-elle, une main sur la portière.

A sa plus grande joie, il posa alors sa main sur la sienne, et, comme par magie, communiqua à tout son être chaleur et réconfort.

— Ne soyez pas si naïve, petite fille ! murmura-t-il doucement.

Puis il s'éloigna, au volant de sa belle voiture grise.

8

Ce soir-là, Roxanne était d'humeur fort maussade. Valentine avait téléphoné dans l'après-midi pour prendre de ses nouvelles, mais, comme tout allait bien, elle n'avait pas jugé utile de gravir le sentier escarpé menant à *Bladon's Rock*. Elle la verrait plus tard.

Roxanne s'était sans doute crue délaissée. Pourtant, le moindre de ses désirs était immédiatement exaucé. Les livres et les magazines jonchaient le sol de la chambre ; une corbeille de fruits était posée sur un petit guéridon, à côté d'elle, et de splendides bouquets de fleurs ornaient la pièce qui ressemblait à une serre.

De toute évidence, Richard la comblait de gentillesses. Peut-être se sentait-il un peu coupable à son égard, et cherchait-il à apaiser sa mauvaise conscience ? Il devait se juger responsable de son état, et mettre son malaise sur le compte du choc provoqué par la nouvelle de ses fiançailles.

Il était venu passer un moment avec la malade. Aux yeux de la jeune femme, rien n'avait changé dans leur relation, et il en résulterait sûrement des tensions désagréables entre Richard et sa fiancée. Cependant, Roxanne ne paraissait pas pour autant amoureuse. Et dire que, sans Dana Jorgensen, elle aurait été prête à épouser Richard !...

— Qu'as-tu fait toute la journée ? demanda-t-elle quand Valentine apparut, délicatement parfumée et vêtue d'une robe de mousseline vaporeuse. Je t'attendais cet après-midi.

— J'étais occupée.

— Et ce matin ?

— J'avais du travail, répondit la jeune fille en détournant vivement la tête.

Elle affecta d'admirer le bouquet de roses.

— En réalité, expliqua-t-elle, je n'aime guère imposer à Richard des visites trop fréquentes. Sa maison ressemblera bientôt à un moulin !

— C'est ridicule, et tu le sais bien, rétorqua sèchement Roxanne. Nous avons eu droit à une crise domestique, aujourd'hui. La nouvelle bonne s'est brûlée avec une bouilloire, et elle est alitée pour quelque temps. Duffy est complètement dépassée par les événements, et ne pourra plus faire ton ménage avant d'avoir trouvé une remplaçante. En fait, tu devrais venir t'installer ici. Richard lui-même a suggéré cette solution.

Valentine s'inquiéta aussitôt de la santé de la domestique :

— C'est une brûlure grave ? A-t-elle été hospitalisée ?

— Oh non ! Le docteur Lemoine l'a parfaitement soignée. Cet homme-là aura bien travaillé pendant ses vacances ! s'exclama-t-elle avec une grimace ironique. D'abord moi, puis Edith...

Elle observa sa compagne un moment, et poursuivit brusquement :

— Tu es allée te baigner avec lui ce matin, paraît-il ?

A son grand embarras, Valentine rougit d'un air coupable, sans d'ailleurs comprendre pourquoi cette question l'ennuyait autant.

— Oui, de très bonne heure, avoua-t-elle.

— Et vous avez ensuite pris le petit déjeuner chez toi.

— Comment le sais-tu ? interrogea Valentine, interloquée.

70

Mais à la réflexion, elle ne voyait pas pourquoi Gilles aurait dû garder le silence. Ce n'était ni un secret, ni un crime de passer quelques instants agréables en compagnie de cet homme charmant.

— Richard me l'a dit, expliqua Roxanne avec un sourire énigmatique. Il a d'ailleurs paru extrêmement surpris, car le docteur Lemoine ne se plaît généralement guère avec les femmes. Elles l'ennuient, probablement parce qu'il en rencontre beaucoup dans l'exercice de sa profession.

Les yeux baissés, Valentine ne répondit pas. Depuis le matin, elle abritait dans son cœur un trésor précieux, et son amie semblait s'employer à lui gâcher sa joie.

— Je ne voudrais pas me mêler de ce qui ne me regarde pas, ma chérie, insinua celle-ci avec une grande douceur.

Elle savait fort bien moduler les inflexions de sa voix rauque et profonde, et en jouait à merveille pour convaincre ses interlocuteurs.

— Contrairement au docteur Lemoine, continua-t-elle, tu n'as aucune expérience. Méfie-toi, et n'attache pas trop d'importance à une aventure insignifiante pour lui... Tu me suis ?

— Pas du tout, répliqua sèchement Valentine.

— Alors, écoute, ma chérie. Cet homme excessivement séduisant — tu as dû t'en rendre compte — a probablement une cour de jolies femmes autour de lui. Cependant aucune n'arrivera jamais à le conquérir, j'en suis certaine. C'est un célibataire endurci, il ne se mariera pas.

— Qu'en sais-tu ?

Vraiment, Roxanne exagérait ! De quel droit se permettait-elle de juger les gens ? Et, d'abord, qu'allait-elle supposer ? Valentine ne pensait pas si vite au mariage !

Roxanne haussa les épaules

— Je le sais, c'est tout. Par expérience... Il y a ceux

qui épousent, et les autres. Gilles Lemoine fait partie de la deuxième catégorie.

— Tu as l'air très sûre de toi !

— Absolument ! C'est un homme froid et distant, qui ne s'attache jamais. En revanche, comme médecin, il est irréprochable et réserve à ses malades toute sa douceur et sa bonté d'âme. Il lui est même arrivé de soigner gratuitement des gens démunis. Il est généreux, intelligent, patient, persévérent, mais austère, sévère... inaccessible !

— De qui tiens-tu tout cela ? De Richard ? s'enquit Valentine.

— Bien sûr que non ! répondit Roxanne sans réfléchir, prise de court. Les hommes ne se trahissent pas facilement. Il faut bien les connaître pour découvrir ce qu'ils sont vraiment.

— Tu connais donc bien le docteur Lemoine ? Tu l'as déjà rencontré, n'est-ce pas ?

A ce moment-là, la porte s'ouvrit tout doucement, et Gilles entra, rasé de frais, extrêmement élégant dans son habit de soirée. Roxanne rougit légèrement, et retomba sur ses oreillers en soupirant. Il l'examina, et lui prit le pouls d'un air tout à fait détaché, très professionnel.

— Je ne vois vraiment plus la nécessité de rester couchée, déclara la jeune femme avec une grimace douloureuse. Je vais déjà beaucoup mieux. M'autorisez-vous à me lever demain ?

— Après-demain, peut-être, concéda-t-il.

Elle eut une moue de dépit.

— Je ne m'attendais certes pas à me retrouver alitée, prisonnière de *Bladon's Rock*, le jour où je suis montée préparer la maison pour l'arrivée de Richard ! Et je ne vous ai rien demandé, docteur ! s'écria-t-elle, les yeux brillants, les joues écarlates. Pourtant, me voici maintenant entre vos mains et celles du docteur Eustache, condamnée à attendre votre verdict ! Vous décidez de

72

mon sort, comme si, à trente-deux ans, j'étais une femme finie, une épave !

— Ne dites pas d'absurdités, répliqua-t-il sèchement.

— Je suis simplement lucide. Je vois la réalité en face, souffla-t-elle, les lèvres pincées.

Désespérée, elle jeta un regard d'envie à Valentine, frêle et charmante dans sa robe noire.

— Allez vous amuser, tous les deux, lança-t-elle d'un ton dur. Allez dîner. Ensuite, vous irez vous promener sur la falaise, au clair de lune. Valentine connaît les endroits les plus adorables et les plus secrets. Vous serez seuls, face à la mer, émerveillés par la magie mystérieuse de la nuit. Mais attention, docteur ! Mon amie est encore très naïve et innocente. Ce serait déloyal d'en profiter...

Il s'approcha de la table de nuit, et prit une boîte de comprimés, dont il examina le contenu.

— Vous dormez ? demanda-t-il.

— Très bien, grâce à vos cachets.

— Vous les prenez régulièrement ?

— Naturellement, affirma-t-elle avec un sourire narquois. Je suis vos instructions à la lettre.

— Je repasserai vous voir plus tard dans la soirée, annonça-t-il.

— Avec plaisir ! répliqua-t-elle avec désinvolture. Si toutefois vous parvenez à vous arracher à la compagnie de cette délicieuse jeune fille !

Pendant le repas, Valentine trouva à Gilles un air absent, préoccupé. Richard, en revanche, était d'excellente humeur, aux côtés d'une Miss Jorgensen resplendissante. Elle était follement belle, dans une robe en lamé argent, qui moulait à la perfection les formes douces de son corps. En la voyant, Valentine ne pouvait pas s'empêcher de la comparer à Roxanne. Cependant, quand celle-ci avait décidé de briller en société et d'éblouir le monde, elle savait également captiver son auditoire par une conversation passionnante. Dana Jorgensen en était incapable, et ne serait jamais pour *Bladon's Rock* la remarquable hôtesse que Roxanne aurait pu être.

Miss Jorgensen avait reçu une éducation très différente de celle de Roxanne, et n'avait pas suivi des études aussi longues. Sa mère, qui présidait le repas à un bout de la table, en face de Richard, ne semblait pas très à l'aise, ni très heureuse. Peut-être se demandait-elle avec anxiété si sa fille allait véritablement se marier avec Richard Sterne...

Remarquant la nervosité de Mme Jorgensen, Valentine offrit de servir le café à sa place. Elle s'acquitta gracieusement de sa tâche, et Gilles Lemoine lui sourit avec admiration.

— Pourquoi vous et Richard ne vous êtes-vous pas fiancés ? s'enquit-il à voix basse en prenant sa tasse des mains de la jeune fille. Vous seriez pour lui une femme idéale, c'est l'évidence même.

Interloquée, cramoisie, elle leva les yeux. Combien de fois s'était-elle posé cette question ?... Désormais, elle n'éprouvait pourtant plus le moindre désir de se marier avec Richard.

— Quelle idée bizarre ! se hâta-t-elle de répondre, en surveillant du coin de l'œil Richard et sa fiancée, debout près de l'électrophone, à l'autre bout de la pièce. Cela ne m'a jamais effleurée. Et Richard non plus d'ailleurs.

— Vous êtes sûre ? insista-t-il d'un air ironique.

Elle détourna vivement la tête.

— C'est Roxanne qui était censée l'épouser, répliqua-t-elle en se reservant du café.

Gilles Lemoine se contracta. Soudain, il poussa un profond soupir.

— J'imagine parfaitement Miss Bladon à cette période-là, à l'apogée de sa gloire. Elle devait régner sur vous tous avec la tyrannie d'une reine ! Cependant, si tout le monde n'avait pas été à ses pieds, peut-être ne serait-elle pas devenue si capricieuse et instable. Maintenant, sa vie est gâchée.

— Vous n'avez pas le droit de dire des choses pareilles ! s'écria Valentine sur un ton sec et plein de reproches. Roxanne a encore de longues années de bonheur devant elle, j'en suis persuadée.

Pour toute réponse, elle reçut un regard étrange, indéchiffrable. Puis, brusquement, Gilles Lemoine quitta la pièce, et Valentine ne le revit pas de la soirée. Il était parti se promener dans le parc, seul, et ne semblait pas souhaiter sa présence à ses côtés. Richard la raccompagna donc chez elle, un peu avant dix heures.

La pleine lune brillait ce soir-là, dans un ciel magnifiquement étoilé, et jetait des reflets d'argent sur la mer. Richard arrêta la voiture au sommet de la falaise, pour contempler à son aise l'immensité miroitante des eaux. La crête blanche et écumeuse des vagues s'y dessinait avec une netteté parfaite, et le doux murmure inlassable des flots montait jusqu'à eux.

— Dana n'aime pas beaucoup la mer, remarqua-t-il soudain. En fait, elle ne la supporte pas, et déteste ce genre de côte aux falaises rocheuses et escarpées. Je me déciderai peut-être à vendre *Bladon's Rock* pour acheter une autre maison à la campagne. Qu'en penses-tu ?

— Oh, il ne faut pas faire cela ! s'écria Valentine. Sauf, naturellement, si le bonheur de Miss Jorgensen en dépend, corrigea-t-elle.

Richard alluma une cigarette et se mit à étudier le visage de sa compagne. Ses cheveux resplendissaient au clair de lune, en un doux halo argenté. Son parfum délicat embaumait. Il posa une main sur la sienne.

— Gilles m'a raconté ta mésaventure de ce matin, déclara-t-il. Sois prudente quand tu te baignes. Ne t'éloigne pas trop du rivage… Gilles ne comprend pas pourquoi je ne t'ai pas épousée !

Elle tressaillit. Ce sujet avait été abordé deux fois,

aujourd'hui. Et, à présent, par Richard lui-même ! Elle n'en croyait pas ses oreilles !

— Cela s'explique aisément, répliqua-t-elle en dégageant doucement sa main. Tu as toujours été éperdument amoureux de Roxanne !

— Plus maintenant, répondit-il avec calme.

Valentine le regarda attentivement. Il paraissait fatigué, et même un peu abattu.

— Vraiment ?

— Oui. J'ai complètement oublié cette vieille histoire. C'est comme si je sortais d'une très longue maladie, je suis tout à fait guéri. Je regrette seulement d'avoir gâché tant d'années à me tourmenter pour elle. En réalité, Roxanne ne correspond pas à mon idéal féminin. Nous n'aurions jamais été heureux ensemble... Mais j'étais littéralement envoûté par elle. Comme vous avez dû me plaindre, vous tous...

— Oui...

Les beaux yeux gris de Richard s'assombrirent.

— Je me faisais parfois pitié à moi-même, avoua-t-il d'un air songeur. Ensuite, j'ai pris la décision de partir en voyage, pour me libérer de son souvenir. Elle a été dure avec moi, tu sais, et a vraiment abusé de ma patience et de ma bonté. Je l'ai couverte de cadeaux, et n'ai jamais rien reçu en échange... Rien !

— Maintenant, tu seras heureux avec Miss Jorgensen. Tu oublieras Roxanne.

Les confidences de Richard mettaient la jeune fille quelque peu mal à l'aise. Après tant de temps, il lui parlait enfin à cœur ouvert, et lui dévoilait tous ses secrets...

— Je n'oublierai jamais Roxanne, assura-t-il. Elle a exercé sur moi un empire absolu pendant trop longtemps... Comme j'ai mal de la voir si diminuée ! Je donnerais n'importe quoi pour qu'elle retrouve la santé et la beauté. Mais je ne peux rien faire, malheureusement... Quant à Dana... Valentine !

L'air farouchement résolu, il lui prit à nouveau la main.

— Sais-tu quand j'ai vraiment pris la décision de me marier ?

— Non...

— Après cette petite fête d'adieu, dans mon appartement de Londres. Je t'avais présentée à Gilles, tu te souviens ? Eh bien, lorsque je l'ai revu, il m'a confié t'avoir trouvée absolument charmante. Et Gilles n'est guère flatteur envers les femmes, d'ordinaire... A ce moment-là, j'ai commencé à penser à toi, à réfléchir. La jolie Valentine, si ravissante, et pourtant toujours dans l'ombre...

Il s'interrompit un instant pour contempler les cheveux de sa compagne, ses sourcils bien dessinés, et ses épais cils bruns que la lumière de la lune éclaboussait d'étincelles argentées.

— Tu es si belle, si féminine ! Et tellement authentique dans ta simplicité ! Comme il sera heureux, l'homme qui t'épousera...

— Ainsi, tu es maintenant fiancé à Miss Jorgensen, dit-elle d'une voix neutre.

— Oui... C'est vraiment incroyable. Je pensais à toi, et j'ai choisi quelqu'un d'autre... Je ne peux plus te demander ta main, car je me suis engagé envers Dana, irrévocablement. Je ne suis plus libre.

Une irrésistible envie de rire s'empara de Valentine. Richard parlait sérieusement, pourtant sa confession paraissait totalement absurde à la jeune fille. Elle avait bien changé... Qu'il semblait loin, à présent, le temps où elle se mourait d'amour pour lui ! En outre, la maladresse de Richard la choquait. Il avait conscience d'avoir commis une erreur grave. Mais qu'attendait-il de Valentine en se confiant à elle ? Espérait-il une solution magique à ses problèmes ?

De toute façon, elle aurait été incapable de lui en proposer une. Se rendait-il compte à quel point cette discussion aurait pu la faire souffrir ? Désormais, il devait accepter les conséquences de ses actes. Le charme de Dana Jorgensen l'avait conquis ; tant pis si elle lui apparaissait maintenant de plus en plus creuse et sotte. De toute manière, Valentine n'aimait plus Richard.

Après toutes ces années de désespoir, elle n'était pas encore habituée à cette vérité, découverte de fraîche date. Néanmoins, elle avait la certitude de savoir à présent exactement ce qu'elle voulait, et Richard ne l'intéressait plus.

— Je suis désolée, déclara-t-elle. Tu es fiancé, et ce n'est pas très loyal envers Miss Jorgensen de tenir ce genre de propos avec moi. Quand tu seras marié... eh bien, tu seras heureux, j'en suis certaine. Si tu le veux vraiment. Tu as erré de par le monde pendant très longtemps, et tu dois te réjouir de pouvoir enfin te fixer quelque part, même si ce n'est pas à *Bladon's Rock*. Tâche pourtant de ne pas vendre cette splendide demeure.

Il se perdit dans sa rêverie, les yeux fixés sur la mer éclairée par la lune.

— Je n'ai jamais été heureux dans cet endroit, admit-il. Je poursuivais un feu follet fantasque, aveugle à tout le reste du monde, sans jamais réussir à l'atteindre. Je ne me suis jamais posé de questions sur le but de ma quête, et j'ai sûrement eu tort. Je me suis trompé de rêve !

Il se tourna vers Valentine, et, d'un ton mélancolique et désabusé, ajouta :

— J'ai laissé passer ma chance, comme un marin rate l'heure de la marée. J'avais l'intuition de ne pas t'être indifférent. Mais j'ai sans doute attendu trop longtemps...

— Partons, dit-elle doucement, après un long silence. Il se fait tard.

Quand il la déposa devant son portail, il avait l'air triste et désemparé.

— Fais tes valises et remonte à *Bladon's Rock* avec

moi, implora-t-il. Nous sommes de vieux amis, n'est-ce pas ? J'ai besoin de toi, je le sens. J'étouffe, là-bas, coincé entre Roxanne, Dana et sa mère. Tu apporterais un peu de détente dans cette atmosphère lourde et pesante. Sinon, je finirai par m'enfuir ! Ce ne serait guère digne d'un gentleman... Je t'en prie, Valentine, reviens avec moi. Et puis, tu tiendras compagnie à Roxanne, elle aussi sera contente de t'avoir près d'elle.

La jeune fille hésita, poussée par une raison que Richard était loin de soupçonner.

— Je n'aime pas quitter mon cottage, protesta-t-elle.

— Il ne se sauvera pas !

Il lui sourit avec un regard câlin.

— Nous dirons à Duffy de jeter un coup d'œil, de temps à autre. Si tu es inquiète, tu redescendras surveiller les lieux.

— Je resterai là-haut combien de temps ? demandat-elle en levant vers lui ses grands yeux mordorés.

— Jusqu'à ce que Roxanne aille mieux. Tout l'été. Aussi longtemps qu'il te plaira !

— Dans ce cas, je vais emporter mes outils de sculpture, décida-t-elle. J'ai deux ou trois commandes à terminer assez rapidement. Mais il faudra me donner une pièce où je puisse travailler.

— Le donjon, suggéra-t-il aussitôt. L'ancienne chambre de Roxanne. Tu y seras tranquille, personne ne viendra te déranger. J'y veillerai.

Il s'enthousiasma soudain à cette perspective :

— N'est-ce pas merveilleux ! Tu vas vivre et travailler sous mon toit, près de moi. Douce et calme Valentine ! Ma Valentine aux cheveux d'or !

Elle tourna la clef dans la serrure.

— Je demanderai à Jim Anderson de m'emmener demain matin. Il me faudra bien toute la matinée pour préparer mes affaires et mettre le cottage en ordre.

— Je viendrai te chercher, proposa-t-il.

Il jeta soudain un regard autour de lui, et fronça les sourcils.

— Ta maison est bien isolée ! Je n'aime guère l'idée de te savoir toute seule ici pour la nuit. Tu vas revenir avec moi ce soir même.

Mais Valentine refusa catégoriquement.

— Ne sois pas ridicule !

Combien de nuits tristes et solitaires elle avait passées, au cottage, ou à Londres, dans son appartement ! Et maintenant il s'inquiéterait d'elle ? C'était grotesque...

— Très bien.

Cependant, il semblait peu disposé à la quitter. A contrecœur, il s'en alla enfin, puis revint sur ses pas. Sans s'en rendre compte, Valentine se retrouva dans ses bras. La jeune fille détourna vivement la tête, mais il réussit tout de même à déposer sur ses lèvres un baiser furtif et maladroit.

— Excuse-moi, murmura-t-il avec un sourire quelque peu puéril. Tu es tellement séduisante dans cette robe noire ! Je n'ai pas pu résister. D'ailleurs j'aurais dû t'embrasser il y a très longtemps ! lança-t-il d'un air de défi.

Quand le bruit du moteur eut complètement disparu, Valentine baissa la tête, et appuya son front contre la rampe de l'escalier.

Deux hommes l'avaient embrassée aujourd'hui... Le baiser qu'elle avait attendu toute sa vie n'avait éveillé en elle aucune émotion. Mais le premier baiser de la journée, complètement imprévisible, l'avait bouleversée. Il avait changé le cours de son existence.

Avec lui, une femme nouvelle était née...

9

Pendant toute la matinée, Valentine s'affaira dans le cottage. Quand tout fut enfin en ordre, et que ses bagages furent prêts, elle ferma soigneusement portes et fenêtres. Elle était sur le point d'appeler un taxi, lorsque la voiture de Richard se gara devant le portail du jardin.

Il porta les valises et le matériel dans le coffre, et verrouilla lui-même la porte d'entrée, glissant ensuite la clef dans sa poche. Son invitée n'aurait qu'à la lui demander si elle en avait besoin !

Dana n'avait pas accompagné son fiancé, mais Valentine n'en fut pas vraiment surprise. En réalité, sa venue ne devait guère enthousiasmer Miss Jorgensen. Et puis, l'air de contentement qu'affichait Richard ne manquerait pas d'éveiller ses craintes. En arrivant, il fit monter le matériel de sculpteur dans une pièce du donjon. La jeune fille occuperait aussi la chambre attenante. Dana apparut, et salua la nouvelle venue avec morosité. Richard les précéda dans la bibliothèque, et leur servit à boire.

Gilles avait certainement eu vent de l'arrivée de Valentine, mais il resta invisible.

— A ta santé, Val ! dit Richard en levant son verre. Et à tes futures œuvres ! Le cadre de *Bladon's Rock* t'inspirera probablement...

— Pourquoi ? demanda Dana en ouvrant de grands

yeux étonnés. Combien de temps Miss Shaw va-t-elle rester ? Elle compte travailler ici ?

— Nous l'espérons bien, répondit Richard d'un ton suffisant.

Il ébouriffa gentiment les cheveux de sa fiancée, mais ce geste agaça Dana. Sans doute craignait-elle pour sa coiffure impeccablement lissée, aux reflets d'or cuivré sous le soleil qui inondait la pièce tapissée de livres.

— Peut-être Valentine consentira-t-elle à exécuter un buste de toi, suggéra Richard. Elle serait certainement ravie d'avoir un si joli modèle.

Cependant, ce compliment ne parvint pas à dérider Dana. L'arrivée de Miss Shaw l'ennuyait terriblement. Elle finit son verre, et quitta la pièce aussitôt. Richard ne prit même pas la peine de lui demander où elle allait ; Valentine accaparait toute son attention.

— Ma mère viendra passer quelques jours avec nous à la fin de la semaine prochaine, annonça-t-il. Elle sera ravie de te rencontrer.

Mme Sterne s'étonnerait sûrement de trouver tant de monde à *Bladon's Rock,* songea la jeune fille. Son cher fils ne lui semblerait pas très impatient de partager des moments de calme et de solitude avec sa future femme. Transformée en maison de convalescence et en atelier, sa demeure n'offrait guère l'intimité propice aux amours naissantes.

En montant voir Roxanne, Valentine apprit pourquoi elle n'avait pas encore aperçu Gilles Lemoine.

— Il a pris le premier train pour Londres ce matin, déclara la malade. Il sera absent quelques jours.

Une lueur de moquerie impitoyable passa dans ses yeux verts.

— Il ne t'a pas prévenue, hier soir ? C'est un peu cavalier de sa part. Vous aviez pourtant l'air de vous plaire beaucoup...

— Ne dis pas d'absurdités ! s'écria Valentine en s'approchant de la fenêtre.

— C'est toutefois la vérité, insista l'autre, le regard

82

brillant de malice. D'ailleurs, il suffit de vous voir ensemble. Personne ne s'y tromperait ! Il m'a parlé de toi : il te trouve équilibrée, pleine de bon sens, et caressante comme la brise rafraîchissante d'un soir d'été !

Troublée par des épithètes aussi flatteuses, Valentine sursauta. Et pourtant, il était parti sans la prévenir…

— Richard aussi t'apprécie énormément, poursuivit Roxanne. Il était tout joyeux ce matin de t'avoir enfin persuadée d'accepter son invitation. Si tu fais du charme à son fiancé, tu devras bientôt essuyer les foudres de Miss Jorgensen !

Valentine était sur le point de se récrier avec indignation, mais son amie l'arrêta d'un geste. Consternée, la jeune fille écouta la suite :

— Le succès vient parfois très tard, surtout pour les femmes, d'ailleurs. Elles ne savent pas attirer l'attention quand elles sont jeunes, innocentes, et peut-être un peu gauches. Tu ne captivais pas vraiment les hommes, dans ton adolescence, n'est-ce pas ? Maintenant, à vingt-six ans, ils ne te résistent plus ! Si Richard rompt à cause de toi, tu vas te forger une solide réputation de femme fatale ! Combien de cœurs briseras-tu ainsi ?

Furieuse, Valentine partit en claquant la porte, abandonnant Roxanne à ses lectures romanesques. Elle monta dans le petit appartement de la tour, et s'émerveilla de loger là, après en avoir rêvé pendant de si nombreuses années.

Dans sa jeunesse, Roxanne avait souvent donné de petites réceptions dans la pièce où Valentine travaillerait désormais. Des banquettes capitonnées couraient le long des murs. Les fenêtres de la tour surplombaient la mer, offrant une vue absolument splendide. Par beau temps, le soleil entrait à flots dans les pièces, et les illuminait pendant une bonne partie de la journée. Le soir on ne se lassait pas de contempler le spectacle merveilleux du couchant.

Richard avait dû surveiller l'aménagement de ces pièces avec vigilance. On avait apporté des tapis, et installé un divan dans le salon, ainsi que des fauteuils confortables. De ravissantes aquarelles étaient accrochées aux murs, et quelques bibelots et statuettes, choisis avec goût, complétaient la décoration de l'atelier. Le grand bureau conviendrait parfaitement comme table de travail. Richard avait vraiment pensé à tout : un superbe bouquet de fleurs trônait sur un guéridon, près de la fenêtre.

Tout d'abord ravie, Valentine ressentit néanmoins un certain trouble devant tant de prévenance. Pourquoi avait-il choisi des roses rouges...? Et les mêmes roses délicatement parfumées ornaient la coiffeuse de la chambre.

Miss Jorgensen avait-elle visité les lieux? Valentine s'interrogeait sur les réactions de la fiancée de Richard...

Gilles restait absent pendant près d'une semaine. Au début, Richard et les deux jeunes filles descendaient tous les matins à la plage pour nager. Le temps superbe s'y prêtait. Richard exerçait sur Valentine une surveillance de tous les instants, et lui défendait de s'éloigner de lui pendant les baignades. Il l'avait menacée de sévères représailles si elle désobéissait, car, très téméraire, elle semblait totalement inconsciente des dangers de la mer.

L'après-midi, ils partaient se promener, souvent en voiture. Et le soir, Valentine partageait son temps entre la sculpture et Roxanne. Quelquefois, elle jouait aux échecs avec M*me* Jorgensen, car, sinon, personne ne s'occupait de la mère de Dana. La vieille dame ne tarderait pas à s'ennuyer à *Bladon's Rock,* songeait Valentine, et commencerait à se languir de son appartement et de ses amis londoniens.

Puis, subitement, le temps changea. Une tempête se leva, et le vent souffla en violentes rafales. Ne pouvant plus sortir, M*me* Jorgensen errait dans la maison comme une âme en peine. Sa fille, en revanche, paraissait ravie et s'enfermait dans la bibliothèque avec Richard de longues heures durant, devant un feu de cheminée. Elle détestait être dérangée, et accueillait fort mal les intrus.

A la grande surprise de Valentine, Roxanne ne manifestait aucune impatience, et gardait sagement le lit, sans discuter les recommandations de ses médecins. Le docteur Eustache lui rendait visite quotidiennement ; elle l'appréciait beaucoup, et aimait bien bavarder avec lui. Quand il sortait de sa chambre, Valentine lui trouvait toujours un air pensif et préoccupé. Cependant, lorsqu'elle s'inquiétait des nouvelles de son amie, il se bornait à réciter des phrases banales, avec un vague sourire :

— Sa santé s'améliore de jour en jour. Le repos lui fait du bien, vous savez. Elle a grand besoin de dormir. Tenez-lui compagnie, cela la réconforte. Surtout, ne la laissez pas se lever avant le retour du docteur Lemoine.

— Mais de quoi souffre-t-elle exactement ? s'enquit un jour Valentine.

En train d'examiner un portrait accroché dans le couloir, le médecin se retourna, remonta ses lunettes sur son nez, et aperçut un autre tableau intéressant sur le mur d'en face. Il s'approcha pour mieux le regarder.

— Oh, elle est très faible… à cause de malnutrition, sans doute, et d'une vie déréglée. Elle a beaucoup négligé sa santé, et fume trop. Vous ne devriez pas la ravitailler aussi souvent en cigarettes. Elle a eu la tuberculose ; ses poumons sont complètement guéris, maintenant, toutefois le pouls est irrégulier, et le cœur un peu fatigué…

— Le cœur ! s'exclama la jeune fille. Elle n'a que trente-deux ans !

Il haussa les épaules.

— Tout dépend de la vie que l'on mène…

Il contempla la peinture avec intérêt.

— Un membre de la famille Bladon ? interrogea-t-il. Le grand-oncle de Miss Roxanne, peut-être ? L'un d'eux était amiral, je crois. La mer les passionnait tous, dans cette famille. On a dû vendre les tableaux avec la maison.

— Oui, en effet.

Elle le raccompagna jusqu'à la porte d'entrée, et retourna dans la chambre de Roxanne. Confortablement étendue, appuyée sur ses nombreux oreillers, son amie fumait voluptueusement son inévitable cigarette. Elle posa sur Valentine un regard interrogateur et malicieux.

— Eh bien, que t'a raconté ce charmant vieillard? Il radote un peu, n'est-ce pas? Il devrait prendre sa retraite.

— Il semble plus intéressé par ton grand-oncle que par ta santé, répondit sa compagne, un peu à côté de la question.

— Le vieil oncle Josiah? s'écria l'autre. Le docteur n'a décidément pas très bon goût! La boisson a tué mon ancêtre! Mais que t'a-t-il dit de moi? insista-t-elle en se redressant.

— Rien, sauf que tu dois garder le lit jusqu'au retour du docteur Lemoine, et que tu fumes trop, répliqua Valentine en saisissant le paquet de cigarettes sur la table de nuit. Je ferais mieux de les cacher, ajouta-t-elle.

— Quand Gilles revient-il? s'enquit soudain Roxanne d'une petite voix aiguë. Bientôt, j'espère, car je ne pourrai pas attendre indéfiniment. Il m'a promis de s'occuper de moi.

— Pourquoi t'a-t-il fait cette promesse? Et quels soins nouveaux peut-il bien t'apporter? interrogea Valentine, debout au pied du lit.

Roxanne était visiblement ennuyée d'en avoir trop dit.

— Ne prends pas mes paroles au pied de la lettre, répliqua-t-elle avec un geste d'impatience. Après tout, je ne lui ai pas demandé de me soigner! Rien ne l'obligeait à diriger des opérations; il aurait pu se décharger de sa responsabilité sur le docteur Eustache, mais il a voulu tout superviser. Maintenant, il doit continuer. Il n'a plus le droit d'abandonner sa malade.

— N'importe quel praticien aurait agi comme lui, dans les mêmes circonstances. Et tu es de toute façon suivie par le docteur Eustache.

— Ce médecin de campagne ne prend aucune initiative, lui rappela Roxanne, triomphante. Il exécute les ordres de Lemoine, c'est tout.

— Tu l'as appelé Gilles, tout à l'heure, remarqua la jeune fille. Tu avais l'habitude de l'appeler par son prénom, n'est-ce pas ?

Un court instant, Roxanne sembla décontenancée. Cependant, ses yeux retrouvèrent très vite leur éclat malicieux :

— J'appelle toujours les hommes par leurs prénoms, affirma-t-elle avec désinvolture. C'est plus commode.

Cette nuit-là, le vent souffla et hurla sans cesse. Valentine n'avait jamais vu la mer aussi déchaînée. Elle resta éveillée longtemps, fascinée par le spectacle de la tempête.

Roxanne avait très mal dormi. Le lendemain matin, très pâle, les yeux cernés et hagards, elle se plaignit pour la première fois des médicaments prescrits par Gilles Lemoine.

— Ces somnifères ne sont pas assez forts, gémit-elle. Si j'avais eu les miens, j'aurais dormi. Mais on me les a pris.

— Qui ? Le docteur Lemoine ?

— Bien sûr. Qui d'autre ?

Une horrible grimace lui déforma le visage. Elle parlait sur un ton haineux.

— C'est vraiment de la méchanceté pure, de sa part. D'ailleurs, cela ne m'étonne pas de lui. Il peut se montrer... affreusement mauvais, parfois.

Après le petit déjeuner, Valentine partit se promener. Le parc avait souffert de la violence de la tempête. Quelques arbres avaient même été arrachés, et la plage était jonchée de débris. En revenant vers la maison, la jeune fille aperçut, garée devant le perron, la voiture grise du docteur Lemoine. Le cœur battant, encore toute ruisselante de pluie et d'embruns, elle se précipita dans la chambre de Roxanne, et ouvrit brusquement la porte. Mais, frappée de stupeur, elle s'arrêta sur le seuil. Une infirmière en blouse blanche s'avança vers elle.

Brune, le regard sombre et pénétrant dans un visage ovale, elle dissimulait à moitié ses cheveux lisses sous la coiffe réglementaire. Elle avait l'air intransigeant et efficace à la fois. Son uniforme immaculé, strict mais élégant, renforçait cette impression. Visiblement, elle n'avait pas l'intention de laisser entrer Valentine.

— J'ai maintenant une infirmière pour s'occuper de moi, ma chérie, déclara Roxanne avec ironie. Le docteur Lemoine l'a ramenée avec lui. Si tu veux me voir, à l'avenir, il faudra d'abord lui en demander la permission.

10

Cette surprise consterna Valentine. Jamais il ne lui était venu à l'esprit que l'état de santé de Roxanne pouvait nécessiter les soins d'une infirmière à temps complet. Ce choc, véritablement, l'ébranlait. Et qui la paierait ? Pas la malade, en tout cas. Cependant, Richard s'acquitterait probablement volontiers des frais engagés.

Peut-être, d'ailleurs, cette initiative venait-elle de lui.

— Ne t'inquiète pas, ma chérie ! s'écria Roxanne avec un sourire curieusement insouciant. Le docteur Lemoine a eu là une excellente idée, je présume. J'ai maintenant quelqu'un pour veiller sur moi nuit et jour. Je ne risque plus de désobéir aux ordres ! Miss Thibault est française. Elle est jolie, n'est-ce pas ? Marie Thibault ! Comme ce nom me plaît !

— Puis-je vous aider ? demanda Miss Thibault à Valentine, très poliment.

Elle jeta un coup d'œil sur l'imperméable mouillé de la jeune fille.

— Si vous voulez bavarder avec ma patiente, je vous conseillerai d'ôter d'abord vos vêtements humides. Sinon, je ne vous autorise pas à vous approcher davantage.

Valentine se recula vivement vers la sortie, et la voix moqueuse de Roxanne s'éleva à nouveau :

— Le docteur Lemoine n'est pas ici ! Il n'est pas

caché sous le lit, ni dans la salle de bains, je t'en donne ma parole. Il est probablement avec Richard.

Une fois dans le couloir, Valentine se dirigea en courant vers ses appartements. A peine avait-elle ouvert la porte, qu'elle aperçut, debout au milieu de l'atelier, la silhouette familière de Gilles Lemoine. Il l'attendait, tout en observant les aménagements apportés à ces pièces de la tour.

Il lui sourit, mais d'un air très raide et figé.

— Vous êtes très confortablement installée, remarqua-t-il. Richard m'avait confié son désir de vous offrir l'hospitalité, et il vous a gâtée ! Plus encore que Miss Bladon ! Chambre, salle de bains, salon ! Il ne vous manque rien ! Il s'est même séparé de quelques-uns de ses bibelots les plus précieux pour décorer votre nouveau domaine. Je reconnais des statuettes qui ornaient la vitrine de sa propre chambre... et aussi ce tapis persan, son préféré, d'une valeur inestimable, je dois dire. Quant à la pendule sur la cheminée, elle occupait la place d'honneur dans son bureau. C'est lui qui vous envoie toutes ces roses ?

— Eh bien ? demanda-t-elle en le regardant droit dans les yeux.

Son sourire se fit encore plus désagréable.

— Si cela vous plaît, c'est parfait. Néanmoins les choses ont bien changé depuis l'époque, où, petite fille aux longues jambes et aux joues couvertes de taches de rousseur, il vous traitait comme une sœur.

— Vous semblez négliger un aspect important de la question, répliqua-t-elle sur un ton glacial. Richard est fiancé.

— C'est vous, ma chère, qui avez l'air de l'oublier. Pas moi...

A ces mots, Valentine fut saisie par un grand désarroi. Cependant, l'indignation prit le dessus, et, révoltée, la voix tremblante de colère, elle essaya de réfuter les insinuations déplaisantes de Gilles Lemoine.

— Vous le savez fort bien, Richard et moi nous

connaissons depuis de longues années, commença-t-elle. S'il souhaite ma présence dans sa demeure, c'est simplement à cause de Roxanne. Et il a eu la gentillesse d'aménager ces pièces pour me permettre d'y travailler. Le travail est une nécessité pour moi, il ne l'ignore pas.

— Vous discutiez sans doute de votre métier, l'autre soir, quand il vous a raccompagnée ? Je me promenais sur la falaise, et je vous ai vus, arrêtés au bord de la route, au clair de lune... Pour de vieux camarades d'enfance, vous aviez l'air de chercher particulièrement la solitude. Et vous étiez peu pressés de vous séparer... Lorsque je suis retourné à la maison, Richard n'était pas encore rentré, et sa fiancée commençait à s'inquiéter de cette absence prolongée...

C'était donc cela ! Valentine reçut cette accusation comme une gifle en plein visage, une atteinte portée à son honneur. Une lueur de mépris brillait au fond des yeux sombres de Gilles Lemoine, ne laissant aucun doute sur la signification de ses propos : il la condamnait sans appel. Un profond sentiment de détresse s'empara alors de la jeune fille.

— Vous ne pensez tout de même pas... balbutia-t-elle.

Elle s'interrompit aussitôt. Quand Richard l'avait embrassée, elle aurait dû clarifier la situation. Maintenant, elle se sentait coupable d'avoir entretenu une équivoque. Mais Gilles aussi l'avait embrassée, sans pouvoir invoquer l'excuse d'une vieille amitié. En outre, il s'était montré tellement désinvolte par la suite... comme s'il voulait minimiser l'importance de son geste...

Il était même parti à Londres sans lui dire au revoir.

Valentine se raidit.

— Pourquoi avez-vous ramené une infirmière ? s'enquit-elle.

— L'état de Roxanne nécessite des soins constants. Elle a besoin de la surveillance d'une personne compétente. Vous ne le soupçonnez peut-être pas, mais elle se drogue depuis des années. Elle n'est pas désintoxiquée, et elle a encore de la drogue cachée quelque part dans ses affaires, j'en suis pratiquement certain.

— Vous voulez parler de ces cachets qu'elle prenait à tout bout de champ ?

— Oui, et il y a sûrement autre chose. Il existe bien des façons de se droguer, vous savez, plus discrètement que les piqûres hypodermiques.

Décidément, aucun choc ne serait épargné à Valentine, aujourd'hui ! A la lumière de ces révélations, elle ne s'étonnait plus des sautes d'humeur de Roxanne. Au cottage, il lui arrivait parfois de rester prostrée pendant des heures entières, puis, tout à coup, elle s'excitait et tombait dans l'excès contraire, en proie à une exaltation démesurée. Tantôt Valentine s'alarmait de son air hagard, tantôt elle reconnaissait la vieille amie insouciante de sa jeunesse, et la croyait sur la voie de la guérison.

— Je vois, murmura-t-elle enfin.

La silhouette blanche en uniforme lui apparut soudain tout à fait sinistre. Elle épierait impitoyablement les moindres gestes de Roxanne, et soupçonnerait sans doute tous ses visiteurs de duplicité. Le bon vieux temps était loin ! Disparus à tout jamais, les jours heureux !...

— Pourquoi ne l'envoyez-vous pas dans une maison de repos ? demanda-t-elle.

— Elle est mieux ici, pour le moment, répondit-il simplement.

A ces mots, il se dirigea vers la porte, et disparut promptement. Valentine aurait bien voulu lui poser d'autres questions, mais il ne lui en avait guère laissé l'occasion !

Le front collé à la vitre, perdue dans la contemplation de la pluie battante, elle médita tristement sur les propos de Gilles Lemoine. Elle avait attendu son retour avec tant d'impatience !... Et maintenant, tous ses espoirs secrets étaient anéantis...

Pendant le déjeuner, la mine abattue, elle ne desserra pas les dents. Le soir, Miss Thibault mangea avec eux, et la présence de cette femme sévère vêtue de l'uniforme froid et impersonnel de l'hôpital sembla beaucoup affecter Dana. Quant à Mme Jorgensen, elle avait l'air exaspéré. Pour elle, c'était clair, ce nouvel épisode dépassait les limites du tolérable ! Le dîner se déroula dans une atmosphère lourde, et Valentine demeura silencieuse du début à la fin. L'infirmière française jetait de temps à autre au docteur des regards attentifs et soumis, une expression admirative sur le visage. Le reste du temps, elle paraissait très distante, mais n'arrivait pas à se faire oublier.

Après le repas, Valentine la suivit à l'étage et lui demanda l'autorisation de voir Roxanne. Le docteur Lemoine arriva au moment où Roxanne se préparait pour la nuit, et, debout dans un coin de la chambre, la regarda dire bonsoir à la malade.

— Viens demain matin de bonne heure, veux-tu ? demanda Roxanne sur un ton presque implorant. J'ai la permission de me lever et de passer mes journées dans un fauteuil, au lieu de rester tout le temps allongée. S'il fait beau, nous irons sur la terrasse. En récompense de ma bonne conduite ! ajouta-t-elle avec une grimace d'amertume.

Néanmoins, le lendemain, il pleuvait encore et Roxanne ne put pas sortir. Richard lui rendit visite, et Valentine lui tint compagnie une grande partie de la journée, ce qui permit à l'infirmière de se libérer pendant quelques heures. Pendant son absence, Roxanne parla librement, et confia à Valentine combien Miss Thibault lui déplaisait. De plus, elle l'accusa d'être la maîtresse de Gilles Lemoine.

— Pourquoi l'aurait-il amenée ici, autrement ? insinua-t-elle. Je ne suis tout de même pas à l'article de la mort ! Ma santé s'améliore de jour en jour. En fait, je pourrais certainement aller me promener un peu sans éprouver la moindre fatigue. Mais cela les arrange de dramatiser la situation... Le docteur Lemoine et Miss Thibault, bien sûr.

Valentine posa son ouvrage sur ses genoux, et ouvrit de grands yeux étonnés.

— Il n'oserait jamais faire une chose pareille ! s'écria-t-elle. Il n'aurait pas engagé une infirmière si tu n'en avais pas besoin. C'est un médecin connu et estimé, pas un charlatan !

Roxanne haussa les épaules.

— Je te croirais peut-être si elle avait dix ans de plus, et était un peu moins jolie. Tu aurais dû la voir, hier soir ! Elle est venue faire son tour d'inspection, dans un déshabillé vaporeux qui avait probablement coûté très cher ! Son salaire d'infirmière ne doit pas suffire à satisfaire ses goûts de luxe ! Et son uniforme ! On dirait un modèle de grand couturier ! Elle travaille dans une clinique privée pour gens riches, qui appartient au docteur Lemoine, je crois.

— Alors, cela explique pourquoi il l'a choisie. Il a opté pour la solution la plus simple et la plus rapide.

— Ce n'est quand même pas une nécessité pour moi, insista Roxanne. Mon état ne réclame absolument pas de soins particuliers.

Elle enfonça sa tête dans les coussins, et contempla son amie de ses yeux verts, rêveurs et langoureux.

— J'envie parfois ta simplicité naïve, Val. On te berne, et tu ne t'en aperçois même pas. Moi, j'ai voyagé à travers le monde, et je connais les hommes. Les femmes, soi-disant, n'intéressent pas Gilles Lemoine. Du moins se plaît-il à afficher cette attitude hautaine et dédaigneuse ! Pourtant, je l'ai plusieurs fois surpris avec Thibault. Ils s'appellent par leurs prénoms, et semblent entretenir des rapports bien familiers !

— Tu tires des conclusions trop hâtives, rétorqua Valentine en haussant un sourcil incrédule.

— Vraiment ? lança Roxanne sur un ton méprisant. N'es-tu pas au courant des plus élémentaires règles de savoir-vivre ? Une infirmière n'appellerait jamais un médecin par son prénom : c'est impensable. Miss Thibault connaît le docteur Lemoine en dehors de ses activités professionnelles, et sur un plan très intime, j'en suis certaine.

La jeune fille rangea sa couture. Une dernière lueur d'espoir s'éteignait dans son cœur.

— De toute façon, répondit-elle avec le plus grand calme, cela n'a aucune importance. On s'occupe bien de toi, et c'est le principal, n'est-ce pas ?

Cependant, Roxanne se redressa brusquement, et explosa de rage. Valentine ne reconnaissant pas cette voix aiguë, aux accents déformés par la colère et l'indignation.

— Petite idiote ! C'est très important pour moi, au contraire ! Gilles est enfin obligé de reconnaître mon existence, après ces cinq longues années de silence, interminables... Et je le retrouverais seulement pour le voir se commettre sous mes yeux avec une petite infirmière de bas étage ?

— Roxanne ! s'écria Valentine, horrifiée. Tu exagères !

— Pour le moment, peut-être, rétorqua-t-elle, des éclairs dans les yeux. Mais ce n'est qu'une question de temps, tu verras. En tout cas, puisque Gilles ne veut pas de moi, je m'emploierai à saccager sa vie. Je détruirai toutes ses histoires d'amour. Je me vengerai, je le jure !

Complètement abasourdie par la révélation de ce secret, Valentine fixa son amie d'un air consterné. Elle comprenait mieux à présent sa réaction violente, et le regard étrange, hypnotique, de Gilles qui lui commandait le silence. Ils avaient eu ensemble une aventure sentimentale qui s'était soldée par un échec. Et Roxanne était encore amoureuse de lui ! Mais le docteur Lemoine, lui, ne ressentait plus aucune tendresse envers cette femme malade, à la beauté fanée. La hargne de Roxanne s'expliquait aisément, à présent, car Gilles Lemoine ne cherchait même pas à dissimuler la répugnance qu'elle lui inspirait.

Les médisances de Roxanne étaient-elles fondées ? Ou étaient-elles le fruit de son imagination débordante ? La jalousie devait l'égarer. A ses yeux, toutes les femmes devenaient de dangereuses rivales.

Et quand elle avait soupçonné quelque chose entre lui et Valentine, son amie de toujours, comme elle s'était montrée odieuse !

Valentine sentit le rouge lui monter aux joues. Elle éprouvait pour Gilles une attirance certaine, et n'osait pas penser à la réaction de sa compagne si elle l'apprenait...

On frappa doucement à la porte. Le docteur Lemoine apparut. L'air affable et courtois, il s'approcha de Roxanne, et lui demanda, un sourire aux lèvres :

— Eh bien ? Comment vous sentez-vous ? Vous avez toujours envie d'aller vous promener ?

Roxanne fondit sous son regard. Quand il lui prit le pouls, elle sembla subitement plus détendue, comme si sa rancœur et son amertume s'étaient évanouies d'un seul coup. Entre ses mains, elle devenait faible et malléable, féminine. Indignée, Valentine l'observa en train de faire son numéro de charme. Roxanne connaissait, pour l'avoir exercé sur Richard, le pouvoir envoûtant de sa belle voix chaude, légèrement voilée. Sur un petit ton plaintif, elle susurra :

— Je me languis tellement dans cette chambre, docteur ! Ce serait pour moi une joie immense de pouvoir enfin sortir, surtout si vous me faisiez le plaisir de m'accompagner... Avec vous, je me sentirais plus en sécurité.

— Je ne resterai pas ici très longtemps ; quelques jours seulement, je le crains, répondit-il avec une douceur tout à fait inhabituelle. Cependant, quand je reviendrai, vous aurez repris des forces, et je vous promets de vous emmener en promenade.

Valentine se leva vivement, et se dirigea vers la

fenêtre. Il mentait, et n'avait pas l'intention de tenir sa promesse... Il trompait Roxanne, car, dans son état de faiblesse, la perspective d'une longue marche semblait fort improbable. Néanmoins, sans doute cet espoir redonnerait-il un peu de vigueur à la jeune femme...

Pourquoi donc persistait-elle à l'appeler « docteur » ? C'était parfaitement ridicule !

Que s'était-il passé entre eux ? Pourquoi abandonnait-il si rarement devant elle son attitude intransigeante et rigide ? Il n'aimait plus Roxanne. Mais pourquoi continuait-il à s'occuper d'elle ? Pourquoi avait-il placé à ses côtés une infirmière dont la seule présence suffisait à la tourmenter ?

Brusquement, Valentine se retourna.

— A plus tard, Roxanne, dit-elle.

Elle ignora délibérément Gilles, car elle ne lui pardonnait pas ses calomnies. L'accuser de vouloir prendre Richard à Miss Jorgensen ! C'était tout simplement ridicule !

En refermant la porte, elle eut la satisfaction de le voir froncer les sourcils de mécontentement. Elle se demanda si Roxanne l'avait remarqué...

11

Le lendemain matin, Valentine fut réveillée par des
coups frappés à sa porte.

— Il fait un temps splendide, cria Richard depuis le
couloir. Nous allons nous baigner. Viens avec nous !

Elle les rejoignit sur la terrasse. Gilles était avec eux,
et la regarda s'approcher d'un air indifférent. Dana, en
maillot de bain jaune, partit devant avec Richard et sa
mère. Valentine fut donc bien obligée de suivre avec le
docteur. Elle en profita pour lui demander, sans oser le
regarder :

— Et Miss Thibault ? Elle ne se baigne pas ? Son
service lui interdit-il de s'accorder quelques divertisse-
ments ?

— Miss Thibault a droit à du repos, naturellement,
répondit-il, en l'aidant à escalader un rocher. Elle
trouvera le temps de faire un tour sur la plage dans la
journée, rassurez-vous. C'est d'ailleurs une excellente
nageuse.

— Peu sujette aux crampes, j'espère. Sinon, vous
feriez mieux de l'accompagner.

Il lui jeta un curieux regard en biais, mais ne fit aucun
commentaire.

Quel contraste avec la pluvieuse journée de la veille !
Le temps était superbe, et un même bleu profond
colorait le ciel et la mer. Valentine nagea nonchalamment le long du rivage. Mme Jorgensen avait conservé

une silhouette élancée, et étonna tout le monde par ses prouesses sportives. Gilles enseigna à Dana quelques techniques de respiration et la raccompagna sur la plage, quand, la première, elle en eut assez de l'eau.

Pendant le petit déjeuner, Gilles continua à se montrer excessivement attentionné envers Dana Jorgensen, malgré la présence de Miss Thibault. Assise à côté de cette dernière, Valentine lui demanda des nouvelles de Roxanne.

— Elle a passé une bonne nuit, répondit l'infirmière d'un air distant.

Peu disposée à bavarder, elle but son café en silence et alluma une cigarette.

— Constatez-vous une amélioration ? insista la jeune fille. Devrez-vous rester longtemps auprès d'elle ?

Miss Thibault haussa les épaules.

— Cela dépend du docteur Lemoine, et aussi, dans une certaine mesure, du docteur Eustache. Je partirai quand ma présence ici ne sera plus nécessaire.

— Vous travaillez à Londres ? Dans la maison de repos du docteur Lemoine ?

— Oui.

— On y traite surtout des maladies nerveuses, n'est-ce pas ?

— Naturellement. Il est neurologue, répliqua son interlocutrice sur un ton amusé.

Soudain, Valentine se révolta contre le sort injuste réservé à Roxanne. Pourquoi son amie d'enfance, si chère à son cœur, en était-elle arrivée là ? Son équilibre était menacé. Des gens compétents en avaient décidé ainsi et l'avaient prise en charge, car, abandonnée à elle-même, elle risquait de causer à son corps des dommages irréparables. Tout à coup, Valentine eut conscience du danger qui menaçait Roxanne. Elle devait faire quelque chose, par amitié pour elle. Pourquoi ne la ramènerait-elle pas chez elle, dans son petit cottage accueillant ? L'atmosphère y serait sûrement moins pesante ; elle saurait l'entourer d'une affection dévouée, et les frais engagés pour sa guérison seraient considérablement réduits.

Elle fit part de son idée à Miss Thibault.

— Le docteur Eustache continuerait à la suivre, et je vous remplacerais comme garde-malade, expliqua-t-elle. Miss Bladon et moi sommes de vieilles amies; nous nous entendons bien. J'aimerais vraiment faire quelque chose pour elle.

— Vous êtes très bonne, répondit son interlocutrice. Cependant vous ne pourriez pas remplacer une infirmière, je le crains. Le docteur Lemoine n'approuvera certainement pas ce projet.

— Pourtant, je m'en occupais bien toute seule, avant. Et son état s'améliorait, jusqu'au jour où elle est venue ici.

Malgré son manque d'intérêt manifeste pour la question, Miss Thibault lui sourit gentiment.

Gilles Lemoine observait Valentine du coin de l'œil. En croisant son regard, la jeune fille, gênée, se mordit la lèvre.

— De toute manière, c'est également une question d'argent, poursuivit-elle. Roxanne ne peut pas s'offrir le luxe d'une garde-malade particulière. Elle n'a même pas assez d'argent pour régler les honoraires du médecin. Si j'obtiens la permission de la ramener chez moi, je prendrai tout en charge, et assumerai tous les frais.

— A votre place je ne m'inquièterai pas de ce problème, conseilla l'infirmière. M. Sterne consent volontiers à régler toutes les dépenses, et, dans le cas contraire, le docteur Lemoine y aurait veillé lui-même, j'en suis sûre.

— Mais pourquoi eux? Je suis là, moi. Et ce n'est pas comme si Roxanne avait dû aller à l'hôpital. Elle se sent mieux maintenant, elle peut se lever. Elle serait tellement bien chez moi!

Tout à coup, avec un large sourire, Miss Thibault écrasa sa cigarette, et se leva promptement. Gilles venait de quitter la table, et passait juste derrière elles.

— Oh, docteur, déclara l'infirmière en posant sur lui ses beaux yeux noirs, j'aimerais avoir un entretien avec vous. Le plus tôt possible. Avez-vous déjà examiné votre malade, ce matin ?

— Non, pas encore. Je montais justement la voir.

— Très bien. Dans ce cas, je vous accompagne.

Valentine les regarda sortir de la salle à manger. Elle supportait mal l'indifférence de Gilles à son égard, et éprouva même à cet instant un curieux pincement au cœur. Après tout, elle aussi aurait voulu lui parler de Roxane... Cependant, il était passé sans dire un mot, la tête haute, en évitant soigneusement son regard. Lui était-il devenu franchement hostile, à présent ? Et pourtant, il n'y avait pas si longtemps, il l'avait embrassée... Elle en arrivait parfois à se demander si elle n'avait pas rêvé !

En sortant dans le jardin ensoleillé, elle repensa au sourire amusé de Marie Thibault.

Si cette dernière avait lu dans le cœur de Valentine, elle avait effectivement de bonnes raisons de sourire... Et elle occupait une position privilégiée dans la maison, qui lui permettait d'observer les gens à distance.

La tempête reprit brusquement après le déjeuner. Incapable de travailler, Valentine décida d'aller se promener. Adolescente, elle adorait marcher sous la pluie, sur les petits sentiers de la falaise, le visage fouetté par le vent. Au-dessous d'elle, déferlaient les vagues houleuses de la mer déchaînée ; elle s'aventurait le plus près possible du précipice, pour se délecter de ce spectacle exaltant. Souvent, aussi, elle descendait se promener sur la plage.

Aujourd'hui, les violentes bourrasques menaçaient de renverser la frêle Valentine. Aussi résolut-elle de ne pas s'aventurer sur la plage. Elle obliqua vers l'intérieur des terres, le long de la route bordée de haies qui menait jusqu'au village. Soudain, une voiture passa et s'arrêta à son niveau. Le conducteur baissa la vitre :

— Montez, déclara Gilles Lemoine en voyant ses vêtements mouillés.

Elle hésita un instant, mais il répéta son ordre d'un ton péremptoire.

Elle s'installa donc à côté de lui, sur le siège avant. L'eau dégoulinait de son imperméable tout luisant de pluie, et ses cheveux, mal protégés par un foulard, ruisselaient. Gilles la regarda longuement avant de démarrer, et lui dit :

— Vous devez aimer la pluie ! Cela ne me semble guère raisonnable de se laisser tremper ainsi, à moins d'une nécessité absolue. Pourquoi n'avez-vous pas demandé à Richard ou à moi-même de vous accompagner en voiture ?

— Je n'ai pas de destination précise. J'avais simplement envie de marcher.

— Et d'attraper une bonne pneumonie, par la même occasion !

— Oh non, docteur ! répliqua-t-elle en riant.

Elle sortit un petit mouchoir de sa poche, et commença à s'essuyer le visage. Compatissant, son compagnon lui tendit aussitôt le sien, beaucoup plus grand.

— Je vous aurais épargné cela ! reprit-elle. Vous avez assez d'une malade à *Bladon's Rock,* je suppose ! En tout cas, au moindre symptôme, j'appellerai le docteur Eustache, je vous le promets !

Il lui sourit d'un air pincé et s'enquit :

— Où voudriez-vous aller ? Vous deviez vous ennuyer, pour partir ainsi dans le mauvais temps. Il est trois heures. Je ne sais pas quoi vous suggérer. Vous avez une idée ?

— A la maison, répondit-elle. Rentrons à *Bladon's Rock.* Sauf si vous-même avez d'autres projets. Dans ce cas, ne vous inquiétez pas de moi, je reviendrai à pied.

— Et si nous allions prendre le thé quelque part ? suggéra-t-il. Nous pourrions longer la côte, et essayer de trouver un endroit chaud et accueillant, pour bavarder tout en dévorant des brioches avec de la crème et de la confiture de fraises ? Ce serait agréable, n'est-ce pas ?

Valentine le regarda d'un air surpris.

— Vous aimez le thé et les gâteaux ?

— A la folie !

— Et... vous n'alliez nulle part en particulier ?

— Si vous voulez tout savoir, je vous ai vue partir, et je vous ai suivie.

Elle ôta son foulard et le mit dans sa poche. Puis elle ébouriffa légèrement ses cheveux, et lui rendit son mouchoir.

— Oh non, se reprit-elle. Je vous le rendrai plutôt une fois lavé.

Mais il commanda d'un ton autoritaire :

— Donnez-le-moi.

Elle le lui tendit.

— Acceptez-vous mon invitation ? s'enquit-il.

— Si vous en avez vraiment envie...

— Oui, interrompit-il sèchement.

Ils roulèrent en silence le long de la côte, sous la pluie battante. Au bout d'une cinquantaine de kilomètres, il trouva enfin une auberge à sa convenance. Cependant, Valentine ne s'impatientait pas, au contraire. Elle trouvait cette promenade très agréable, dans cette voiture luxueuse. Gilles conduisait à la perfection, tout à fait maître de son puissant véhicule. De plus, malgré ses efforts pour se persuader du contraire depuis deux jours, Valentine était amoureuse du médecin, et sa seule présence la comblait de joie.

Pendant des années, elle avait cru aimer un autre homme, mais elle mesurait désormais l'étendue de sa sottise. L'intensité de ce sentiment nouveau la consternait.

Ils s'installèrent près du feu de bois, à une table recouverte d'une nappe aux couleurs vives, et décorée par un bouquet. La porcelaine aux motifs fleuris apportait une note de gaieté supplémentaire. La serveuse, charmante, leur conseilla du cake et des gâteaux, car il n'y avait plus de brioche.

Après un début difficile, la conversation se détendit. Dans ce cadre agréable, Valentine commença à oublier un peu son embarras, et à parler à son compagnon avec moins de réserve. Gilles, quant à lui, abandonna tout à fait le sourire cynique et désabusé derrière lequel il se cachait depuis deux jours.

Il semblait apprécier la compagnie de la jeune fille. Pourtant, elle se tenait encore sur ses gardes. Lui-même, d'ailleurs, manifestait quelques réticences à aborder certains sujets. Sur Roxanne, par exemple, il en disait le moins possible, et, à toutes les questions de Valentine sur Miss Thibault, il offrit des réponses très vagues, quand il n'y imposa pas un silence déconcertant. La discussion, selon lui, ne présentait aucun intérêt.

Sur le chemin du retour, la pluie cessa enfin, et quand ils arrivèrent au village, le soleil brillait à nouveau dans un ciel presque entièrement dégagé. Le dîner n'était jamais servi avant huit heures. Ils avaient donc encore deux heures de liberté, pour profiter du beau temps. Gilles gara la voiture au bord du petit chemin qui descendait vers la crique où ils se baignaient d'habitude. L'humidité s'évaporait sous l'effet de la chaleur, et le sable doré fumait au soleil.

C'était marée basse. Ils se promenèrent sur les rochers, s'amusant à chercher des moules et des crevettes. Les coquillages fascinaient Valentine, surtout les patelles, accrochées aux rochers. Que de merveilles ne découvrait-on pas au fond de ces flaques laissées par la marée !

Assise au soleil, la jeune fille jouait à faire couler le sable entre ses doigts. Gilles, lui, semblait perdu dans la contemplation de la mer. Il remarqua subitement un gros nuage sombre que le vent poussait dans leur direction à vive allure. Il allait se crever au-dessus de leurs têtes, c'était évident.

— Vite, dit le médecin à sa compagne. Dépêchons-nous de regagner la voiture. La pluie menace à nouveau… Dirigeons-nous plutôt vers ces grottes, conseilla-t-il en se ravisant. Sinon, nous serons trempés jusqu'aux os avant d'avoir fait la moitié du chemin !

Elle avait laissé son imperméable dans la voiture. Sa petite robe légère de cotonnade ne la protégerait guère contre l'averse. Leste et agile, elle se mit à courir sur le sable vers l'entrée des grottes, au pied de la falaise. Gilles la suivit, mais à une allure plus digne. Quand il la rejoignit, elle l'attendait en riant à gorge déployée, toute rouge et essoufflée. Il scruta longuement son visage, et, pendant un instant, une atmosphère étrange les entoura, comme le matin où ils étaient tombés dans les bras l'un de l'autre, après la baignade.

— Vous n'avez pas froid ? demanda-t-il.

— Non, non, pas du tout, répondit-elle malgré la fraîcheur de la température.

Immédiatement, et comme instinctivement, elle recula. Désemparée, ne sachant où poser son regard, elle inspecta vaguement les lieux.

— Prenez tout de même ma veste, offrit-il en enveloppant lui-même les épaules de Valentine avec son vêtement.

— Et vous ? Vous allez attraper une pneumonie à ma place ? lança-t-elle, troublée par le léger parfum qui imprégnait le veston.

Une envie irrésistible la prit de serrer la veste contre elle pour en caresser l'étoffe, et d'y enfouir son visage pour respirer son odeur…

Gilles alluma une cigarette, et regarda tomber les trombes d'eau. Son silence embarrassait Valentine, qui ne pouvait détacher de lui ses pensées. La voûte basse l'empêchait de s'écarter davantage. Au fur et à mesure des minutes qui passaient, elle se sentait devenir la proie d'un désir violent ; c'était comme un feu qui la consumait doucement. Elle désirait se réconcilier avec lui, dissiper leur malentendu, le toucher… Il lui était de plus en plus difficile de maîtriser cette tension, et l'air semblait se charger d'électricité, comme le matin où il l'avait embrassée. Brusquement, il se retourna et demanda :

— Eh bien, à quoi pensez-vous ?

A ce moment-là, les défenses de la jeune fille tombèrent d'un seul coup, et son cœur se répandit en un torrent de paroles. Elle allait enfin se justifier à ses yeux, et abattre ce mur de mépris derrière lequel il se réfugiait depuis deux jours !

— Richard et moi...Tout est faux ! Richard ne s'intéresse absolument pas à moi. C'est seulement une façon de s'apitoyer sur lui-même. Il a gâché sa jeunesse en poursuivant le rêve impossible d'un amour avec Roxanne. Tout est fini, maintenant, et il voudrait effacer ces années de malheur. Alors, il est prêt à se leurrer à nouveau, à se raccrocher à moi, parce que je représente un lien avec ce passé lointain. Mais je suis lucide. Pour lui, je resterai toujours la gentille Valentine, l'ombre de Roxanne, rien de plus... Quant à moi...

— Oui ? murmura Gilles en se penchant vers elle avec une attention anxieuse.

— Enfant, puis adolescente, je l'adorais comme un dieu. Ce sentiment s'est incrusté en moi, très profondément. Il n'y a pas si longtemps encore, je me préparais à passer mon existence dans le chagrin et le regret, car mon idole demeurerait pour toujours une étoile lointaine, inaccessible... Mais tout a changé pour moi, un beau matin d'été...

Les joues cramoisies, elle le regarda d'un air implorant, comme si sa vie dépendait de lui, de la façon dont il allait réagir à cet instant précis. Cependant il restait là, immobile, sans interrompre le fil de ses explications, sans s'émouvoir le moins du monde. Enfin, subitement, son visage se contracta, et il s'écria :

— Oh, Valentine !

Il la prit dans ses bras, et, le cœur battant, elle crut défaillir de bonheur.

— Valentine! Valentine!

Il couvrit son visage de baisers, son cou, ses cheveux, sa bouche. Quand il redressa la tête, après un long baiser passionné, les yeux mordorés de Valentine scintillaient de mille feux.

— Pourquoi m'avoir raconté tout cela? demanda-t-il d'une voix rauque.

— Vous le savez... non?

— Oui.

Il poussa un profond soupir de soulagement. Le regard illuminé de bonheur, il poursuivit :

— Vous m'aimez, et je vous aime. C'est aussi simple que cela! Nous nous aimons depuis le premier jour, n'est-ce pas? Sans vouloir me l'avouer, votre rencontre m'avait ébloui! Mais j'étais si peu sûr de vous revoir...

Il lui prit le menton dans la main, et fixa les yeux émerveillés de la jeune fille.

— Dites-moi Valentine, ma chérie, croyiez-vous au coup de foudre, avant notre rencontre? Ma douce, charmante Valentine...

Ses grands yeux limpides posés sur lui, elle bredouilla, d'une voix toute tremblante d'émotion :

— Je ne sais pas. Je... Enfin... J'étais persuadée que...

Il acheva à sa place :

— Vous vous lamentiez de ne pas être aimée par l'homme de vos rêves, n'est-ce pas? Mon amour, je ne suis pas jaloux de Richard, plus maintenant. Pourtant, comme j'ai souffert le soir où je vous ai aperçus tous les deux sur la falaise... Et aussi quand je suis revenu de Londres, en vous voyant si royalement installée. J'aurais pourtant dû me souvenir de notre baiser sur la plage, de la ferveur ardente de votre réponse. La passion m'égarait; j'étais incapable de réfléchir sainement à la situation, d'en tirer des conclusions sensées. J'analyse mieux les choses aujourd'hui. Richard a toujours été pour vous un astre resplendissant, mais aussi un être illusoire, irréel, dont l'existence se dissolvait dans un idéal imaginaire. A présent, vous m'avez rencontré, un homme en chair et en os, et le rêve impossible peut s'effondrer.

— A cette soirée, chez Richard, pourquoi ne pas avoir proposé de me revoir ? demanda-t-elle.

Il lui sourit tendrement, et lui caressa la joue.

— Par pure obstination, je suppose. Les hommes n'aiment jamais s'avouer vaincus par une femme.

— C'était vraiment la seule raison ? insista-t-elle.

Elle rougit sous le regard profondément perspicace de Gilles.

— Vous pensez à Miss Thibault ? répliqua-t-il. Ou même à Roxanne, peut-être. Vous avez cru très sérieusement à une vieille liaison entre nous ? Roxanne a dû vous raconter des histoires invraisemblables... sans aucun rapport avec la réalité, j'imagine. Il est grand temps pour vous d'apprendre toute la vérité sur votre amie...

Il serra la jeune fille tout contre lui, et commença à raconter :

— J'ai rencontré Roxanne à l'étranger. Je participais à un congrès de spécialistes des maladies nerveuses. En même temps, je suivais un stage dans l'hôpital de la ville, où l'on expérimentait des traitements très modernes. Miss Bladon était soignée dans ce service de neurologie, où je me rendais tous les jours. Après sa sortie de l'hôpital, j'ai continué à la voir, car je la trouvais loin d'être guérie. Elle était en fait complètement névrosée, et se droguait. Elle courait au désastre ; je m'en serais voulu de la laisser livrée à elle-même, dans un pays inconnu.

L'air sombre, il s'interrompit un instant, et reprit d'un ton sinistre :

— Les médecins exercent sur certaines femmes une sorte de fascination, je ne sais pourquoi. Roxanne devint soudain follement amoureuse de moi. Avant moi, cet être orgueilleux n'avait jamais connu la passion. Cependant, elle ne parvint pas à me séduire, malgré ses charmes et sa beauté.

Dans ses bras, Valentine se mit à frissonner. A nouveau, il lui prit le menton dans la main, et plongea son regard dans le sien.

— Je vous le jure, ma chérie : Miss Bladon n'a jamais éveillé aucun sentiment en moi, si ce n'est de la pitié. Les femmes réussissent rarement à m'intéresser. En fait, le plus souvent, elle m'indiffèrent... sauf une, ajouta-t-il d'une voix douce. Vous avez triomphé de toutes mes résistances, Valentine. Vous souvenez-vous de cette aube sereine où nous avons, ensemble, contemplé le lever du soleil ?

— Je m'en souviendrai toujours ! s'écria-t-elle avec ferveur.

Emu, Gilles enfouit son visage dans la chevelure blonde de la jeune fille, qui brillait dans l'obscurité comme un halo d'or. Puis il la dévora de baisers ardents.

— J'ai attendu si longtemps, Valentine. Tant de bonheur me fait peur...

Mais il se maîtrisa et reprit :

— Pour en revenir à Roxanne, elle s'était mis dans l'idée que je m'intéressais à elle, non plus comme à une malade, mais personnellement. Je tentai alors de la détromper, le plus gentiment possible. Hélas, habituée à avoir tous les hommes à ses pieds, elle refusait de comprendre. Je dus alors m'expliquer clairement avec elle, un peu trop brusquement peut-être. Elle en fut profondément ébranlée.

— Pauvre Roxanne ! s'exclama Valentine, apitoyée.

Le visage de Gilles se durcit.

— Moi aussi, j'étais à plaindre à cette époque-là. Elle s'acharna à me nuire et essaya de me discréditer auprès de mes collègues. Ensuite, je revins en Angleterre, et n'en entendis plus parler pendant cinq ans, jusqu'à ces jours derniers. Sa condition physique a beaucoup empiré. Elle a dû faire de gros efforts pour se déshabituer de la drogue, mais sans succès. Elle est certes plus lucide et raisonnable, et a abandonné l'espoir de me conquérir. Cependant, si elle le peut, elle essaiera encore de se venger, j'en suis certain... Elle est capable des fourberies les plus cruelles... Tenez, par exemple, que vous a-t-elle raconté sur Miss Thibault ?

Valentine prit un petit air gêné et coupable.

— Elle croit que vous avez une liaison avec elle... Vous la traitez de façon très familière, et vous vous permettez de l'appeler par son prénom.

D'une voix sourde, il expliqua :

— Je connais très bien Marie. C'était la fiancée de mon frère. Malheureusement, il s'est tué dans un accident de voiture. Pour moi, Marie fait désormais partie de la famille. Elle a un diplôme d'infirmière, et, comme elle cherchait du travail, je l'ai engagée dans ma clinique.

— Je vois, dit simplement Valentine. Néanmoins, la présence d'une garde-malade est-elle réellement indispensable à Roxanne ?

— Roxanne a besoin de sentir qu'on s'intéresse à elle. C'est susceptible de l'aider à guérir.

— Vous vous considérez comme responsable, n'est-ce pas ?

— Un peu, même si je ne peux pas grand-chose pour elle. Pourtant, sa santé me préoccupe énormément. J'ai souvent pensé à elle, pendant toutes ces années.

— Je suis sincèrement désolée, pour votre frère, murmura-t-elle. Vous avez dû beaucoup souffrir.

Mais Gilles se détourna brusquement.

— Partons, il est temps de rentrer. Je dois voir ma malade, et j'ai promis à Miss Thibault de la remplacer une heure ou deux.

— Je suis tout à fait capable de m'en charger, suggéra-t-elle avec empressement. Aussi souvent que vous voudrez.

Il secoua énergiquement la tête.

— Quand vous êtes avec Roxanne, ne la contrariez pas. Et, je vous en prie, ne croyez pas tout ce qu'elle vous raconte. Méfiez-vous. De toute façon, je m'arrangerai désormais pour vous laisser le moins souvent possible seule avec elle. Je n'ai aucune confiance en elle.

Il prit la main de la jeune fille, et ils retournèrent à la voiture. Un pli soucieux s'était creusé sur le front de Gilles, il avait l'air absent et inquiet.

12

Avant de démarrer, Gilles se tourna vers Valentine, et lui sourit avec une tendresse qui la bouleversa. Il lui prit la main et la porta à ses lèvres pour l'embrasser avec ferveur.

— Ne vous inquiétez pas, mon amour, murmura-t-il. Tout finira bien par s'arranger, pour nous deux, et aussi pour Roxanne, du moins je l'espère. Je tenterai par tous les moyens de la guérir.

Elle lui sourit, les yeux soudain embués de larmes.

— J'aime beaucoup Roxanne, confia-t-elle. Si seulement vous parveniez à l'aider ! Je le souhaite de tout mon cœur.

— Je ferai mon possible. Il nous faudra pourtant adopter un comportement très prudent et réservé à son égard. Ne dévoilons pas encore le secret de notre amour. Nous ne pouvons guère lui annoncer brutalement la nouvelle de notre mariage.

Valentine rougit de plaisir.

— Notre mariage ! Vous ne m'avez pas encore demandé ma main !

Un sourire timide et malicieux creusa deux charmantes fossettes aux coins de sa bouche.

Mais Gilles n'entendait pas plaisanter sur un sujet aussi grave.

— Vous ne voulez pas devenir ma femme ? demanda-t-il d'une voix sourde. Vous faut-il le temps de la réflexion ? Devrai-je m'armer de patience en attendant votre décision ?

— Oh non, Gilles ! s'écria-t-elle.

Elle se jeta dans ses bras, et il l'embrassa farouchement, avec une violence surprenante.

— Vous ne m'aviez jamais appelé « Gilles » auparavant, remarqua-t-il avec émotion. Comme mon nom paraît doux dans votre bouche ! Je ne me lasserais pas de l'entendre... J'espère pourtant écouter sur vos lèvres une musique plus suave encore : un jour, vous me direz « Oui, Gilles ». Dès que la santé de Roxanne l'autorisera, nous lui annoncerons la nouvelle et nous nous marierons.

Heureuse et comblée, elle retomba avec un soupir contre le siège de la voiture. Gilles l'épouserait ; ils partageraient désormais tous les instants de leur vie. L'avenir prenait enfin un sens !

Néanmoins, une première ombre se profila à l'horizon. Avant de descendre pour le dîner, la jeune fille alla passer un moment auprès de Roxanne. Celle-ci s'était levée dans l'après-midi, et semblait épuisée par cet effort.

— Bonjour ! lança-t-elle d'un air tendu.

Valentine portait une robe de soie blanche qui moulait à la perfection sa silhouette gracile. Un collier en argent orné de turquoises mettait en valeur son cou délicat.

— Je n'espérais plus ta visite ! poursuivit Roxanne. Tu as passé une bonne journée, semble-t-il, malgré la pluie...

— Comment le sais-tu ? demanda sa compagne, surprise.

— Je m'en doute, répondit l'autre, les lèvres serrées, les mains agitées de tremblements fébriles. Je ne t'ai pas vue aussi radieuse depuis plusieurs jours. Le docteur Lemoine, qui est venu très tard, avait l'air d'excellente humeur, lui aussi ; il paraissait ravi de sa promenade. Vous aviez tout arrangé à l'avance ?

— Pardon ? fit Valentine, sans comprendre.

Elle avait apporté des magazines à son amie, et les posa sur la table de nuit.

— Votre rencontre, bien sûr ! continua Roxanne. Tu n'es pas sortie sous la pluie pour le plaisir de prendre l'air, je suppose ?

— Si, justement ! répliqua sèchement la jeune fille. Je n'avais pas envie de travailler, et j'adore me promener par ce temps-là. Tu le sais bien, d'ailleurs. Le docteur Lemoine est passé en voiture ; il m'a proposé de m'emmener.

— Et tu as accepté, naturellement, marmonna la malade avec une grimace. Ma petite fille, tu es en train de chercher des ennuis. Nigaude ! Regarde donc autour de toi ! Demain, ce sera le tour de Miss Thibault... Crois-moi, elle a guetté le retour du docteur tout l'après-midi. A six heures, elle n'y tenait plus ! Elle t'a vue partir... et revenir avec lui.

— Et alors ?

Roxanne haussa ses frêles épaules.

— Rien... Cependant je te conseille d'être prudente. Tu n'as jamais vécu de grande histoire d'amour, et ce serait vraiment stupide de t'enticher d'un homme qui se moque de toi.

Valentine devait fuir cette chambre au plus vite ! Sinon, Roxanne réussirait à ternir l'éclat de son bonheur tout neuf... Cependant, elle lui pardonnait sa malveillance : aigrie, diminuée, Roxanne souffrait probablement le martyre devant la mine réjouie et épanouie de Valentine. En outre, elle soupçonnait l'homme qu'elle avait passionnément aimé d'être à l'origine de la félicité de son amie.

— Au fait, lança celle-ci avant de s'en aller, Miss Thibault était fiancée au frère du docteur Lemoine, le savais-tu ? Hélas il s'est tué dans un accident avant de l'épouser.

— Ah bon ?

Roxanne sursauta, mais, presque aussitôt, les coins de sa bouche se relevèrent en un sourire cruel.

— Pauvre Val! s'exclama-t-elle. Tu es vraiment d'une naïveté incroyable!

Malgré elle, Valentine rougit, et, sans rien ajouter, quitta la pièce.

Richard la regarda entrer dans la bibliothèque avec une expression de dépit. Il lui offrit un verre. Gilles l'avait mis au courant de leur secret.

— Je me suis coupé l'herbe sous le pied, le jour où je t'ai présenté à Gilles!

Ils étaient seuls tous les deux, et il ne tenta pas de dissimuler son désarroi.

— Et dire qu'aujourd'hui, tu serais Mme Richard Sterne, si j'avais été moins fou!

Valentine fut frappée par l'ironie de la situation. Elle ne ressentait plus rien envers Richard, à présent, sinon une profonde amitié. Elle le considérerait toujours comme son ami le plus cher et le plus proche.

— Tu sembles bien sûr de toi! s'écria-t-elle. J'aurais pu refuser! Pourquoi serais-je tombée à tes pieds, au premier signe de toi?

Bizarrement, elle trouvait un peu vexantes les affirmations présomptueuses de Richard.

— Tu n'aurais pas accepté de devenir ma femme? demanda-t-il en souriant.

Elle lui rendit son sourire complice.

— Peut-être! Oui, affirma-t-elle soudain dans un élan de franchise. J'aurais répondu oui... Mais tu ne faisais jamais attention à moi. Tu semblais si lointain! On désire toujours ardemment l'inaccessible! Je te voyais si souvent... Tu as hanté toute mon enfance et ma jeunesse.

— Comme je suis vieux, à t'entendre! remarqua-t-il.

Puis il lui baisa la main avec une galanterie démodée.

— Tu ne connais pas Gilles depuis très longtemps. Assez tout de même, j'espère, pour ne pas te tromper! Car tu regretterais alors de m'avoir dédaigné!

Gilles entra à ce moment-là, et Valentine l'accueillit avec un soulagement évident. Il la contempla longuement, et glissa un bras sous le sien.

— Tu l'as félicitée ? demanda-t-il à Richard.

— Non, je lui ai présenté mes condoléances, plaisanta gentiment celui-ci.

La tête penchée sur le côté, il leur sourit.

— Nous avons également parlé du passé, continua-t-il. Elle aurait dû se montrer plus entreprenante, à l'époque où Richard Sterne l'intéressait... Mais, apparemment, elle se réservait pour toi !

Dana Jorgensen et sa mère les rejoignirent, puis Miss Thibault, et le coup de gong retentit pour le dîner. Le docteur Lemoine prit l'infirmière à part, et lui proposa aimablement :

— Je vous décharge de vos obligations pour ce soir, mademoiselle. Il fait beau à nouveau. Profitez de ces quelques heures de liberté. Si vous voulez ma voiture, je vous la prête avec plaisir.

Cependant, son interlocutrice répondit sur un ton grave, inhabituel chez elle :

— Miss Bladon est très nerveuse et agitée. Il est sans doute préférable que je reste auprès d'elle. Votre présence ne la calmerait pas, je pense. Au contraire...

Ils échangèrent un long regard soucieux.

— Très bien, déclara-t-il. Si vous avez un problème, n'hésitez surtout pas à m'en faire part immédiatement.

Au dîner, Valentine fut placée à côté de Gilles, sans doute sur la suggestion de Richard. Ensuite, le médecin proposa à la jeune fille une promenade au clair de lune. Il souhaitait voir l'endroit que Roxanne avait un jour évoqué.

Ils découvrirent le petit banc abrité sous les arbres, mais il faisait trop frais pour rester assis immobiles. Dans le ciel clair et étoilé brillait le disque pâle de la lune. Des buissons de fleurs blanches et odorantes resplendissaient dans la lumière argentée. Cependant, le vent du large leur cinglait le visage, et n'incitait pas à s'attarder au-dehors.

Pourtant, comme c'était exaltant de se retrouver ici, dans ce coin secret, au-dessus du vacarme des vagues ! Aux côtés de celui qu'elle aimait, la jeune fille défaillait de bonheur. Il la serra dans ses bras pour la réchauffer.

— Oh, Valentine, Valentine !

Ses lèvres se posèrent doucement sur les siennes, et les arbres, le jardin, la mer basculèrent. Valentine vacilla et noua ses doigts autour du cou de Gilles. Elle s'abandonna à son étreinte avec une passion dont elle ne se serait jamais crue capable. L'amour était resté si longtemps pour elle un sentiment désincarné...

A présent, Gilles lui révélait des plaisirs inconnus. Comme il était doux d'apprendre de lui le feu du désir ! La même flamme le consumait, et leurs deux corps se désespéraient de tant d'ardeur inassouvie. Valentine aimait la nature tendre et passionnée de Gilles, dont le tempérament fougueux trahissait les origines latines. Ce court moment passé dans la solitude du jardin fut pour tous les deux une révélation.

Avant de rentrer, il prit le visage de sa compagne entre ses mains, et la contempla avec ses yeux de braise.

— Nous nous marierons bientôt, je vous le promets ! murmura-t-il.

— Attendons un peu ! répondit-elle. Nous devons aussi penser à Roxanne.

L'air sombre, il se tourna vers la mer qui miroitait sous la lune.

— Un peu plus tôt, ou un peu plus tard... Elle souffrira de toute façon, soupira-t-il. Elle se doute de quelque chose, et m'a quasiment insulté ce soir. Elle se sent probablement très mal à l'aise à *Bladon's Rock*, entre Richard et moi. Elle ne doit plus rester ici. De toute manière, si Richard épouse Miss Jorgensen, elle sera obligée de partir. Dana la déteste.

— Je pourrais lui offrir l'hospitalité, suggéra Valentine. Je m'occuperais d'elle.

— Non ! En aucun cas ! s'écria-t-il. Je refuse catégoriquement cette solution. Peut-être acceptera-t-elle de venir dans ma clinique...

— J'en doute.

— Que va-t-elle devenir ? Elle est incapable de gagner sa vie...

— Et si je lui donnais mon cottage ? Nous engagerions quelqu'un pour la servir. Mme Duffy, par exemple ; je lui fais entièrement confiance. Elle veillerait sur Roxanne avec la plus grande vigilance, j'en suis persuadée.

Gilles l'observa soudain avec une tendresse émue.

— Vous êtes une amie précieuse pour Roxanne. Pourtant, elle n'a jamais été très bonne envers vous... Mais oublions-la pour ce soir. Parlons de nous !

A nouveau, il la prit dans ses bras et l'embrassa avec frénésie. Abasourdie par l'intensité de leur amour, elle le regarda avec des yeux de noyée.

— Je me croyais totalement invulnérable à l'amour d'une femme, souffla-t-il. Comme c'est étrange !

Valentine se rappela certaines paroles de Roxanne : elle avait décrit Gilles comme un homme austère, ascétique. Comme il était différent avec elle ! Son cœur, soudain, déborda de gratitude. Il l'avait attendue !... Il avait trente-six ans, elle en avait vingt-six, l'âge d'aimer avec toute la maturité de son être...

— Pourtant je comprends, reprit-il, émerveillé et effrayé à la fois. Je vous attendais, ma chérie... Vous seule, Valentine, pouviez me faire croire en l'amour.

13

Le lendemain matin, Gilles conduisit Valentine au cottage. Ils firent un petit tour d'inspection, examinant les pièces une à une, ainsi que les portes et les fenêtres. La jeune fille se sentit soudain terriblement nostalgique. Comme elle aimait cette petite maison, où elle avait pourtant élu domicile depuis quelques semaines à peine !

A présent, elle n'en ferait probablement jamais sa demeure. Gilles souhaitait l'épouser le plus tôt possible. Ils iraient vivre à Londres, et reviendraient au cottage pour les vacances, ou parfois pour les week-ends.

En tout cas, elle n'avait pas l'intention de s'en séparer... sauf si Roxanne manifestait le désir d'y habiter. Le problème de son avenir devenait très préoccupant.

Dans le salon, Valentine offrit à Gilles un verre de porto, et il porta un toast à leur bonheur.

— Si nous pouvions persuader Roxanne de vivre ici, déclara-t-elle d'un air songeur, ce serait vraiment la solution idéale. La maison est petite et ne réclame pas beaucoup d'entretien. Mme Duffy l'aiderait pour le ménage. De toute façon, ce serait une nécessité, car Roxanne ne sait rien faire de ses mains !

— Tout de même, il ne faut pas définitivement écarter l'éventualité d'un mariage pour elle, objecta son compagnon en contemplant pensivement le fond de son verre. Si elle passe ce cap difficile et se conduit raisonnablement à l'avenir, il n'y a aucune raison pour qu'elle ne recommence pas à mener une vie parfaitement normale et heureuse. Si Richard n'était pas fiancé...

Leurs regards se croisèrent.

— Vous ne trouvez pas le choix de Richard très raisonnable, n'est-ce pas ? demanda Valentine.

— A franchement parler, non. Dana Jorgensen est mentalement trop jeune. A mon avis, elle ne deviendra jamais vraiment adulte. En plus, elle n'aime pas *Bladon's Rock*, et ne voudra pas s'y installer. Une petie maison de campagne dans les environs de Londres lui conviendrait mieux.

— Je sais.

La jeune fille fronça les sourcils en se souvenant du vague projet de Richard de vendre *Bladon's Rock*. Lui, pourtant, adorait sa propriété. En réalité, il n'était pas amoureux de Dana Jorgensen. Ce mariage courait inévitablement à la catastrophe.

— Toute cette histoire est un véritable gâchis ! s'écria Valentine. Quel dommage pour Richard ! Il a passé une bonne partie de sa vie à s'acharner à conquérir Roxanne, et, juste au moment où il se résout enfin à l'oublier avec une autre femme, elle décide de l'épouser. C'est elle-même qui me l'a dit.

Gilles plissa le front d'un air soucieux.

— Quand bien même, répliqua-t-il avec calme. Faut-il encore souhaiter à Richard d'épouser Roxanne ? Il y a dix ans, peut-être. Mais maintenant !

— Elle ne pourrait pas... le rendre heureux, d'après vous ?

— En tout cas, pas selon mes conceptions du bonheur, conclut-il.

De retour à *Bladon's Rock,* ils trouvèrent l'atmosphère bien orageuse. Richard et Miss Jorgensen s'étaient querellés dans la matinée. Richard paraissait morose, et même un peu déprimé. Dana, au contraire, les joues roses d'émoi et les yeux brillants, semblait très agitée et d'humeur rebelle.

Pour la première fois, Roxanne déjeuna avec eux. Richard avait consacré une partie de la matinée à la choyer, et lui avait tenu compagnie sur la terrasse. Valentine devinait aisément la réaction de Dana, et ne s'étonnait plus de la dispute des fiancés.

Roxanne portait une des robes neuves achetées par son amie, et avait tout particulièrement soigné son maquillage. Quand, triomphante, elle apparut au bras de Miss Thibault, Valentine ressentit un étrange mélange d'admiration et de compassion. Gilles se précipita au-devant d'elle, et l'installa confortablement sur une chaise, entre Richard et lui.

Miss Jorgensen, à la droite de Richard, ainsi que sa mère, au bout de la table, semblaient toutes deux excédées par ce remue-ménage et cette agitation autour de Roxanne. Valentine les comprenait un peu. Dans une certaine mesure, elle avait sympathisé avec elles, mais son amitié pour Roxanne l'empêchait de partager leur irritation. Elle songea avec nostalgie à l'époque où Roxanne était ici chez elle ; Mme Bladon, la maîtresse de maison, occupait alors la place où Mme Jorgensen était actuellement assise… Malgré un certain ressentiment mêlé de tristesse, elle s'efforça d'engager la conversation avec Dana Jorgensen.

De toute évidence, Roxanne continuait à se croire le centre de l'univers, et, pendant tout le repas, veilla à demeurer le pôle d'attraction. Après le déjeuner, elle se serait volontiers attardée dans le salon pour le restant de l'après-midi, mais Gilles le lui défendit fermement, et Miss Thibault raccompagna la malade à sa chambre.

Plus tard, Valentine aperçut Gilles sur la terrasse, et sortit lui tenir compagnie un moment. Elle lui demanda son avis sur les progrès très nets de Roxanne, aussi bien physiques que moraux.

Il venait justement de lui rendre visite. Songeur, il s'appuya contre un des faucons de pierre qui décoraient la terrasse et offrit une cigarette à sa compagne, assise sur la balustrade.

— Je ne sais pas trop que penser, confia-t-il. Mais, c'est vrai, on note une évidente amélioration. Hier soir, elle était de fort mauvaise humeur, sans doute à cause de nous ; elle n'avait pas dû supporter de nous savoir ensemble tout l'après-midi. Et puis, ce matin, après une bonne nuit de sommeil, elle avait retrouvé son entrain et sa gaieté. Depuis, cette heureuse disposition semble vouloir durer... Richard n'a pas manqué de remarquer ce changement. Il est passé la voir de bonne heure ce matin, et l'a aussitôt emmenée sur la terrasse.

— Cela n'a pas plu à Miss Jorgensen...

— Je n'en suis pas surpris. Cette atmosphère de maison de convalescence doit commencer à lui peser. Richard a donné asile à Roxanne sans même demander l'avis de sa fiancée. Elle lui en garde rancune, c'est normal.

— Est-elle au courant des relations tapageuses qui ont existé entre Richard et Roxanne ? Ils étaient presque fiancés, et, sans ses extravagances, elle serait à présent la maîtresse de *Bladon's Rock*. Dana Jorgensen connaît-elle cette histoire ?

— Je l'ignore. Cependant quelqu'un le lui aura probablement dit... Peut-être Richard lui-même, d'ailleurs. Il parle de tout très ouvertement, et n'aura pas été retenu par des précautions superflues. Il n'aura même pas songé, j'en jurerais, à ménager la sensibilité de Dana Jorgensen.

— Il ne l'aime pas, j'en suis...

Elle s'interrompit, car, à ce moment-là, Richard apparut sur la terrasse. Sa morosité l'avait quitté, et il s'avança vers eux d'un pas léger et insouciant. Il avait passé l'après-midi à la plage, et sa chemisette de soie blanche faisait ressortir son bronzage. Sa bonne mine et ses vêtements d'été le rajeunissaient. Valentine observa

avec surprise, mais sans émotion, son allure juvénile.
Comment Roxanne avait-elle résisté aussi longtemps à
son charme ?

Immédiatement, il entreprit de leur parler de
Roxanne. Visiblement, il avait pensé à elle tout le
temps.

— Quelle bonne idée de sortir Roxanne de sa
chambre ! Il ne faut plus la laisser vivre en recluse, à
présent, déclara-t-il.

Gilles lui offrit une cigarette. Richard l'alluma avec
une satisfaction évidente, et s'assit sur la balustrade à
côté de Valentine.

— Elle semblait beaucoup mieux, continua-t-il. J'ai
retrouvé avec plaisir sa vivacité de jadis.

Valentine croisa le regard perplexe de Gilles.

— Une chose m'a frappé, reprit Richard. Elle a
mené une vie très dure, ces derniers mois, et a connu en
particulier de graves difficultés financières. De là
viennent sans doute tous ses problèmes. Elevée comme
elle l'a été, habituée au luxe et au confort, elle a très
mal supporté les privations.

Il se tourna vers Valentine :

— Elle m'a même confié avoir emprunté dix livres à
Mme Duffy, et t'avoir demandé de les lui rendre. Quelle
horreur d'en arriver là ! Ne plus avoir un sou !

Il paraissait très ébranlé par cette découverte, et
poursuivit :

— Naturellement, je lui ai défendu de s'inquiéter
désormais pour des questions de cet ordre. Dès qu'elle
sera tout à fait rétablie, je lui ouvrirai un compte en
banque. Et elle peut évidemment rester à *Bladon's
Rock* aussi longtemps qu'elle le voudra. Cette demeure
appartenait à ses ancêtres. Je l'autorise à se considérer
ici comme chez elle.

— Et… Miss Jorgensen ? s'enquit Valentine.
Approuve-t-elle ces dispositions ?

— Pas du tout, en fait. Nous nous sommes disputés,
ce matin… mais tant pis ! s'exclama-t-il en fronçant les

sourcils. Je n'ai pas le droit d'oublier mes amis, même s'ils ne plaisent pas à Dana. Après tout, je connaissais Roxanne bien avant elle, et je lui dois bien ce service, en souvenir de... euh...

Il leva les bras dans un geste d'impuissance, et, embarrassé, essaya de lire dans ses yeux les réactions de Valentine. Puis il scruta le visage moins expressif de Gilles.

Pauvre Richard ! songea la jeune fille avec une indulgence compréhensive et un peu triste. Va-t-il retomber sous la domination de Roxanne ? Redevenir son esclave ? Une fois ne lui a pas suffi ? Et ses fiançailles avec Miss Jorgensen ?...

Dana et sa mère ne possédaient pas une fortune colossale, cependant la dot de la jeune fiancée n'était tout de même pas négligeable. Surtout, sa beauté extraordinaire lui permettait de trouver sans peine un autre mari. Un homme qui montrerait plus d'égards pour sa sensibilité. Car, inévitablement, Richard exagérait ! Abriter son premier amour sous le même toit que sa future femme, c'était vraiment déraisonnable !

Richard écrasa sa cigarette, et se leva d'un pas décidé, presque arrogant.

— Pour Roxanne, je ferais n'importe quoi ! proféra-t-il.

Il s'éloigna à grandes enjambées. Valentine se leva à son tour, et jeta à son compagnon un regard abattu.

— Nous devrions rentrer, nous aussi, suggéra-t-elle. Nous avons juste le temps de nous changer pour le dîner.

Mais, au pied de l'escalier de la petite tour, Gilles la suivit. Dans l'atelier, il prit entre ses mains le visage de la jeune fille, et la contempla avec des yeux brûlants de désir.

— Comme j'ai de la chance de vous avoir ! murmura-t-il d'une voix étonnamment grave. Vous n'êtes pas comme votre amie, heureusement ! Rassurante

Valentine! Roxanne paraît tellement menaçante, à côté de vous... Richard semblait perdu ce soir, égaré...

Il l'entoura de ses bras, et elle ferma les yeux. Frissonnante de plaisir, elle sentit ses lèvres se poser doucement sur les siennes. Blottie au creux de son épaule, toute chavirée d'émotion, elle lui dit :

— C'est injuste. Richard mériterait d'être enfin heureux. Pourquoi Roxanne a-t-elle réapparu dans sa vie ?

— Elle ne réussira peut-être pas à le retenir, cette fois.

— Elle essaiera de toutes ses forces. Richard parle trop. Même s'il ne lui a pas fait ses confidences, elle n'est pas sotte ! Elle aura bien deviné qu'il n'est pas véritablement amoureux de Dana.

— Je dois retourner à Londres pour quelques jours, peut-être un peu plus, annonça Gilles. Cependant, je reviendrai dès que possible, vous le savez.

L'idée d'une séparation la troubla.

— J'ignore comment j'arriverai à survivre sans vous ! s'écria-t-elle dans un élan de spontanéité.

A nouveau, il lui caressa tendrement le visage et lui sourit.

— Vous avez très bien réussi à vivre sans moi, jusque-là... Et l'absence de Richard ne vous empêchait pas de continuer à l'aimer. Pourtant, la dévotion aveugle et l'amour sont deux choses différentes, n'est-ce pas ? Quel bonheur d'être aimé de vous, ma chérie... Comprendrez-vous jamais à quel point je vous aime ?

— Presque autant que moi, répondit-elle en nouant ses bras autour de son cou. L'amour d'une femme est toujours le plus grand, c'est inévitable. Les hommes ont tellement d'autres sujets de préoccupation !

Il lui sourit encore, d'un air étrange.

— Peut-être, souffla-t-il en l'embrassant. Peut-être...

14

Avant son départ, le médecin eut un long entretien en tête à tête avec Roxanne. Au sortir de cette discussion, Valentine lui trouva l'air extrêmement grave et tendu.

Après ses adieux à Gilles, elle monta bavarder avec la malade. Roxanne, par contraste, était d'humeur fort joyeuse. En regardant la jeune fille approcher, une lueur étrange brilla dans ses yeux.

— Bonjour, ma chérie! lança-t-elle de sa voix grave et mélodieuse. Ainsi, Gilles nous a quittés! Tu dois te sentir perdue sans lui. Il m'a parlé de vos projets. Vous allez vous marier! Félicitations, et tous mes vœux de bonheur! Cependant, mon expérience des hommes ne m'incite pas à faire confiance au docteur Lemoine. Mais tu es tellement effacée et si peu exigeante, il est vrai! Tu te contenteras de peu, de toute façon... Et tant mieux si l'on t'offre davantage, n'est-ce pas? D'ailleurs, tu as vingt-six ans. Le temps passe...

— Tu en as trente-deux, toi! répliqua Valentine, tout en se demandant pourquoi elle s'abaissait à répondre aux attaques dérisoires de sa compagne.

Pourtant, la cruauté, même involontaire, de sa vieille amie la heurtait. Gilles avait-il eu raison de prendre le taureau par les cornes et de dévoiler la vérité à Roxanne?...

Valentine s'en réjouissait toutefois secrètement, car

l'homme qu'elle aimait venait de prouver son impatience de l'épouser. Il avait hâte de proclamer leur amour à la face du monde, et de la prendre pour femme.

— Oui, j'ai trente-deux ans, reprit Roxanne en étudiant son visage dans le miroir.

Maquillée avec soin, vêtue d'une robe de chambre verte dont la couleur la flattait, elle put se permettre de sourire.

— Je suis encore belle, n'est-ce pas ? Richard a pris l'habitude de venir me voir très fréquemment. Avant, il passait par obligation, mais il semble y prendre un plaisir de plus en plus grand. C'est bon signe : l'espoir renaît. Cela me redonne confiance, et m'aide à surmonter les instants difficiles.

Le moment était venu, songea Valentine, d'envisager avec Roxanne la question de son avenir. Gilles avait approuvé son idée. Il fallait maintenant essayer de décider son amie.

— Je ne sais pas si tu as des projets précis, commença-t-elle. Néanmoins, Richard est fiancé, et tu ne pourras pas rester chez lui indéfiniment.

— Oh, tout ira bien pour moi, ne t'inquiète pas ! répliqua l'autre avec insouciance, en continuant à se contempler dans la glace. Richard me donnera de l'argent. J'aurai la possibilité de m'installer n'importe où... En France, sur la Côte d'Azur... N'importe où !

Elle lissa délicatement ses sourcils, et remit une touche de rouge à ses lèvres.

— Richard ne te doit rien ! Tu n'as rien à attendre de lui ! Tu n'en as pas le droit, protesta Valentine.

Bien au contraire, songea-t-elle. Roxanne avait gâché la vie de Richard. Et maintenant, elle trouvait sa générosité toute naturelle ! Tant d'inconscience choquait la jeune fille.

— Vraiment ? lança Roxanne avec une moue ironique. Tout dépend de la façon dont on voit les choses... Sa fiancée, cette gamine, ne le rendra jamais heureux.

130

Elle, en tout cas, n'a aucun droit sur lui. Et je la méprise ! Elle l'épouse uniquement pour son argent, sur les conseils de sa mère !

— Tu te trompes, rétorqua calmement Valentine. Sa mère est une femme charmante, et nombre d'hommes fortunés seraient enchantés d'épouser sa ravissante fille.

— A son âge, objecta sa compagne avec une pointe de dédain, j'étais encore plus belle qu'elle. Tous les hommes les plus riches étaient à mes pieds, m'offrant le mariage. Et mes charmes ne se limitaient pas à mon physique ! ajouta-t-elle avec perfidie. Je savais aussi briller en société ; j'avais de l'esprit. Mon pouvoir de séduction fascinait. J'en veux pour preuve l'attachement de Richard. Après tant d'années, cet homme qui m'a aimée dans ma jeunesse se sent encore une dette envers moi. N'est-ce pas extraordinaire ?

Enervée, Valentine se leva et se dirigea vers la fenêtre. Roxanne possédait l'art de retourner les situations ! Quelle curieuse façon d'expliquer la bonté de Richard envers elle...

A cause d'elle, il avait souffert le martyre pendant des années ; et maintenant, il devrait la remercier en lui assurant une existence confortable jusqu'à la fin de ses jours ! Vraiment, Roxanne croyait que tout lui était dû ! Son toupet dépassait l'imagination !

— Gilles et moi, déclara la jeune fille en s'approchant de la malade, nous pensions au cottage. Peut-être aimerais-tu t'y installer ? Duffy s'occuperait de toi. Nous la paierions, naturellement. Si notre idée te tente, tu peux emménager quand tu voudras. Je te donne ma maison.

— Merci, ma chérie, répondit l'autre d'une voix indolente.

Elle alluma une cigarette, et observa nonchalamment les volutes de fumée qui s'élevaient. Puis son regard se posa à nouveau sur Valentine. Une expression indéfinissable, énigmatique, flottait sur son visage.

— C'est très généreux de ta part, continua-t-elle. Pour le moment, je ne te dis pas oui, car je n'ai encore pas arrêté de projets très définis quant à mon avenir. Cependant, je garde ton offre en réserve. Sait-on jamais... En tout cas, tu remercieras Gilles pour sa bonté d'âme ! C'est bien gentil à lui de te donner son approbation. Mais ce geste ne lui coûte pas grand-chose ! Vous avez donc beaucoup parlé de moi, tous les deux. Que t'a-t-il raconté sur mon compte ?

Elle affectait le plus grand naturel en posant cette question, mais Valentine perçut dans sa voix une sourde inquiétude. Feignant la surprise, elle écarquilla les yeux, et répondit :

— Oh, nous avons bien d'autres sujets de discussion ! Gilles et moi ne nous connaissons pas depuis très longtemps, en fait...

— Alors, attention, ma chérie ! interrompit Roxanne. Je t'aurais avertie...

A travers la fumée de sa cigarette, elle fixa durement le visage de son amie.

— On ne doit jamais faire confiance aux hommes, poursuivit-elle, même lorsqu'on les connaît très bien. Et Gilles n'est encore qu'un étranger pour toi, n'est-ce pas ?...

Elle haussa les épaules.

— Si tu veux mon avis, il ne t'apportera que des ennuis, affirma-t-elle en guise de conclusion. Mais, après tout, c'est ton affaire...

La santé de Roxanne s'améliorait de jour en jour. Sa pâleur diminuait, ses joues se remplissaient un peu... Ses rides s'effaçaient comme par magie, et son air hagard finit par disparaître complètement. A présent, même sans maquillage, elle n'avait plus cette expression d'épuisement qui la vieillissait tant... Et, quand elle était bien maquillée, elle retrouvait presque son éblouissante beauté de jadis...

Richard passait de nombreuses heures auprès d'elle.

Il la portait dans ses bras jusque sur la terrasse...
Pourtant, elle était maintenant parfaitement capable de
sortir seule. Ses forces étant revenues, elle put bientôt
faire de petites promenades sans s'épuiser, et les
accompagna à la plage lorsqu'ils allaient nager ou
prendre des bains de soleil.

Richard lui refusa catégoriquement l'autorisation de
s'approcher de l'eau. Elle restait donc sagement assise
sur le sable, sous un parasol, et regardait avec un
sourire amusé les ébats joyeux du petit groupe. Quand
ils la rejoignaient, après la baignade, Richard l'entou-
rait de soins attentifs, et lui posait mille questions sur
son état : comment se sentait-elle ? N'avait-elle pas
trop chaud ? Désirait-elle un peu plus d'ombre ?
Davantage de coussins ?...

Il ne la quittait pas des yeux. Il était touchant dans
son empressement à satisfaire ses moindres désirs.
Comme il avait hâte de la voir enfin rétablie ! Il
consulta Miss Thibault quant aux meilleurs moyens
d'assurer à Roxanne une convalescence rapide, et
établit à l'intention de la malade un programme quotidien d'activités qui amusa beaucoup l'infirmière.

Roxanne ne devait plus être laissée seule aussi
souvent. La compagnie de Miss Thibault ne suffisait pas
à la divertir, décréta Richard. Il demanda donc à ses
invitées d'employer tous leurs efforts à la distraire.
Dana Jorgensen et sa mère ne semblaient plus présenter aucun intérêt aux yeux de leur hôte. Il les ignorait
presque. Il recommanda à Roxanne quelques livres
soigneusement choisis par lui. A table, il amenait la
conversation sur des sujets susceptibles d'intéresser la
jeune femme. Avant les repas, et avec la permission de
Miss Thibault, il lui préparait des cocktails au champagne, et commandait à la cuisinière ses plats favoris. Il
envoya spécialement un domestique à Londres, pour
acheter du caviar et du saumon fumé. Comme elle
adorait les fruits, il veillait à lui en faire porter chaque
jour dans sa chambre.

Il s'aperçut bientôt de l'extrême pauvreté de sa garde-robe, et se mit lui-même en rapport avec l'ancienne couturière de Roxanne, qui connaissait bien ses goûts. Les mensurations de sa cliente n'avaient pas beaucoup changé. Quelques jours plus tard, un vestiaire tout neuf arriva pour Roxanne à *Bladon's Rock*. Tout lui allait à merveille. Ravie, elle put enfin se pavaner dans ses superbes atours. Au dîner, elle apparaissait maintenant dans toute sa splendeur, éclipsant la personnalité de Dana, et rejetant aussi dans l'ombre son amie Valentine. Un jour, Richard décida de la conduire au salon de beauté de la ville voisine, qu'une célèbre maison de Londres venait d'ouvrir. Quand elle ressortit, elle était une autre femme et paraissait dix ans de moins.

L'après-midi, Richard l'emmenait se promener en voiture. Les autres les accompagnaient quelquefois, mais, le plus souvent, ils partaient seuls... Le soir, il s'asseyait à côté d'elle, et, après le dîner, ils jouaient aux échecs, ou aux cartes. Richard était violemment opposé à la télévision, cependant il parlait d'en acheter une pour l'usage personnel de Roxanne. Quand il fallait bien se résoudre à se séparer pour la nuit, il la portait dans ses bras jusqu'à sa chambre, et attendait sagement dans le couloir le moment où Miss Thibault, après la toilette de Roxanne, l'autorisait à entrer lui souhaiter le bonsoir.

Pendant ce temps-là, sur la terrasse du rez-de-chaussée, Dana Jorgensen faisait nerveusement les cent pas. Ou bien elle restait dans le salon, si la température était trop fraîche. Néanmoins, après quelques jours, elle sembla soudain plus calme, comme si elle avait pris une décision importante, et guettait seulement le moment le plus favorable pour l'annoncer à Richard.

Une nuit, très tard, Dana eut une longue conversation avec lui. Le lendemain matin, la voiture noire de Richard était dans l'allée, et les domestiques y portèrent les valises de Miss Jorgensen et de sa mère. Le reste de leurs bagages suivrait plus tard.

Après des adieux très froids, les deux femmes montèrent en voiture, sans un regard de regret vers la maison. Richard les emmena à la gare la plus proche.

Stupéfaite par la rapidité de ce départ, Valentine se trouvait encore dans le hall d'entrée quand Mme Duffy sortit de l'office. La vieille dame lui jeta un regard éloquent.

— Comme je regrette la mort prématurée de votre tante ! s'écria-t-elle. Vous n'auriez pas hérité de son cottage. Je me trompe peut-être, mais Roxanne n'aurait sûrement pas réapparu. Du moins, elle n'aurait pas pu rester, et n'aurait pas créé tout ce remue-ménage...

Roxanne descendit à ce moment-là, vêtue d'une robe bain de soleil en toile blanche. Richard lui avait fait porter un camélia sur le plateau de son petit déjeuner, et elle l'avait épinglé sur son corsage. Son eau de toilette embaumait. Un livre sous le bras, un sac à ouvrage à la main, elle se préparait à partir à la plage, afin de parfaire son hâle. Elle leur sourit avec assurance.

— Les voilà donc parties ! s'exclama-t-elle d'un air absolument ravi. Rira bien qui rira le dernier, n'est-ce pas ? A leur arrivée ici, personne ne faisait attention à moi... J'étais dans l'ombre... Mais maintenant, je vous annonce une grande surprise au retour de Richard. Une nouvelle très importante !

Roxanne demanda donc à Valentine de rassembler tous les domestiques dans la bibliothèque : le gardien et sa femme, Mme Duffy, et les deux servantes du village. Richard leur offrit le champagne, et, levant son verre, porta un toast à Roxanne.

— J'attends cet instant depuis des années, déclara-t-il. Je peux enfin vous annoncer une nouvelle qui me comble de joie. Miss Bladon...

Il posa son regard sur Roxanne, et ses yeux s'embrasèrent aussitôt. Ainsi, constata Valentine avec stupeur,

Richard ne s'était jamais complètement guéri de la folle passion de sa jeunesse. Pendant toutes ces années, la flamme allumée par les seize ans de Roxanne avait continué à consumer son cœur.

— Miss Bladon, poursuivit-il, dont le nom reste attaché à cette maison, a consenti à m'épouser. Je suis le plus heureux des hommes !

Le bonheur le transfigurait. Plus secret, le visage de Roxanne ne reflétait pas la même extase, mais on y lisait une expression de satisfaction intense, et surtout de triomphe. Elle ronronnait, et décocha à Valentine un regard de jubilation.

Celle-ci faillit s'étouffer en avalant de travers une gorgée de champagne, tant elle était étonnée par cette révélation. Son trouble ne passa pas inaperçu, car elle se mit à tousser et à éternuer bien malencontreusement. Mme Duffy, qui pourtant adorait le champagne, reposa son verre pratiquement intact, et prétexta avoir un soufflet à surveiller, pour s'éclipser.

— Je vous prie de m'excuser, monsieur, dit-elle. Je vous souhaite, ... à tous les deux... tout le bonheur du monde. Mais je dois retourner à mes fourneaux.

Les autres domestiques se hâtèrent de finir leurs verres, et la suivirent à l'office sans tarder. Roxanne s'enfonça confortablement dans son fauteuil, et demanda à Richard de lui allumer une cigarette. A son tour, Valentine les félicita, d'une voix légèrement hésitante :

— Moi aussi, je vous souhaite d'être heureux... de tout mon cœur.

— Merci, répondit Roxanne en lui souriant assez froidement. Tu es très gentille, ma chérie, vraiment adorable ! Richard et moi allons enfin connaître ensemble les délices d'une vie paisible.

D'un air ému, elle tendit sa main à Richard, qui l'embrassa avec ferveur. Curieusement, le regard de son amie mettait Valentine très mal à l'aise. Puis ils firent part à la jeune fille de leur décision de se marier très rapidement, car ils avaient attendu trop longtemps déjà.

— Je suis assez forte à présent, déclara Roxanne, pour marcher jusqu'à l'autel de notre charmante église au bras de Richard. Ensuite, il m'emmènera au soleil, pour une très longue lune de miel. N'est-ce pas, chéri ?

— Absolument, mon amour, répliqua-t-il avec ardeur.

A nouveau, il lui baisa la main, et la garda contre sa joue.

— Rien ne nous retient ici, ajouta-t-il. Nous pouvons rester absents une année entière si nous le désirons. Et tu reviendras complètement guérie, dans une forme éblouisssante.

— N'est-ce pas merveilleux ! s'exclama Roxanne. Retrouver la santé grâce aux soins attentifs d'un mari !

Valentine bredouilla un vague murmure d'approbation.

— Pourquoi Gilles et toi ne vous marieriez-vous pas en même temps que nous ? suggéra Roxanne en posant ses grands yeux verts sur Valentine.

Un peu gauche et désemparée, celle-ci restait là immobile, sous le regard de son amie. Ce mariage ne l'enthousiasmait pas, mais, en un sens, il la soulageait : à l'avenir, elle n'aurait plus à se sentir responsable de Roxanne, puisque Richard s'en occuperait.

— Si l'idée d'un mariage double ne te plaît pas, reprit Roxanne, songe au moins à nous communiquer la date du tien, quand vous l'aurez fixée. Où que nous soyons, nous penserons à vous ce jour-là, et nous vous enverrons un beau cadeau.

— Je... nous n'avons pas encore fait de projets précis...

Roxanne lui sourit étrangement.

— A ta place, ma chérie, je me dépêcherais d'y réfléchir. Tu connais le proverbe : il y a loin de la coupe aux lèvres ! Gilles est un beau parti. Ne le laisse pas te filer entre les doigts !

Ce soir-là, il y eut un coup de téléphone pour Valentine, de Londres. Elle prit la communication dans la bibliothèque, déserte à ce moment de la journée. Comme elle était heureuse d'entendre la voix de Gilles ! Pendant quelques secondes, elle en resta muette de joie.

— Tout va bien ? demanda-t-il. Et Roxanne ? ajouta-t-il sur un ton neutre.

Valentine lui raconta les nouvelles. Il ne trahit aucune surprise, et ne se permit même pas un commentaire sur la rupture des fiançailles de son ami, prévisible depuis longtemps.

— En réalité, et à bien des égards, c'est une excellente chose, confia-t-il un peu plus tard à la jeune fille. Pendant des années, Richard s'est laissé aller à la dérive. De son côté, Roxanne n'a guère profité de son indépendance. Au moins ses problèmes financiers trouveront-ils une solution. La fortune de Richard est colossale. Ils seront très heureux ensemble, j'en suis persuadé.

Il s'interrompit, puis annonça :

— Etant donné la situation, je serai très bientôt de retour auprès de vous. Je tiens à féliciter Richard... et Roxanne, le plus rapidement possible. Elle, surtout : elle le mérite bien !

— J'ai hâte de vous revoir, déclara Valentine avec émotion. Vous me manquez énormément. Ces quelques jours sans vous me paraissent des siècles.

— Ma chérie, répliqua-t-il d'une voix vibrante de tendresse, cette absence m'est également pénible. Cependant, ces fiançailles m'offrent une excuse toute prête pour un départ précipité. Maintenant, plus aucun obstacle ne nous empêche de nous marier quand nous le voudrons, très vite... si vous le désirez, bien sûr !

— Roxanne a suggéré un mariage double, souffla-t-elle. Mais je n'en ai guère envie.

— Vous avez raison. Nous célèbrerons notre mariage dans l'intimité, avec seulement nos amis les plus proches. Nous n'avons pas besoin de faste, ni d'apparat. Richard et Roxanne seront en voyage de noces, je suppose ?

— Oui. Ils prévoient de partir pour très longtemps.

Gilles rétorqua, d'un ton doucement moqueur :

— Vous et moi pourrons nous estimer heureux si j'arrive à prendre trois semaines de vacances ! Si vous aimez les voyages, vous vous êtes trompée, j'en ai peur, en épousant un médecin londonien écrasé de travail. Il fallait accepter la proposition de Richard ! Ses revenus lui permettent de mener une vie oisive. Il pourra consacrer tout son temps à distraire sa femme !

— Ne dites pas de sottises, murmura-t-elle, un peu tendue.

— Pardonnez-moi, mon amour... Faites bien attention à vous, Valentine ! Je regrette d'être si loin de vous, ce soir, mais, bientôt, je serai de nouveau à vos côtés, pour très longtemps cette fois.

Elle raccrocha, et, toute rouge d'émotion, le cœur palpitant, monta en courant dans sa chambre.

15

Deux jours plus tard, la bague de fiançailles de Roxanne, un diamant magnifique, fut livrée par un grand bijoutier de Londres. Richard l'avait commandée par téléphone. Il la lui passa au doigt. Roxanne, ravie, contempla sur sa main blanche et fragile le scintillement éclatant du joyau. Son fiancé voulut fêter dignement cet événement, et l'emmena déjeuner dans un restaurant du bord de mer, non loin de *Bladon's Rock*, tout au bout du cap.

Au retour, elle paraissait un peu fatiguée ; Miss Thibault l'accompagna à sa chambre, et lui conseilla fermement de se reposer. Le soir, au dîner, Roxanne avait retrouvé toute sa vivacité.

Le lendemain matin, ils descendirent tous à la plage. Roxanne, à son habitude, resta sous le parasol. Miss Thibault la délaissa un moment pour faire quelques brasses. Valentine se plongea avec délice dans l'eau fraîche. Quelle sensation agréable de sentir les vagues rouler sur son corps ! Richard gagna la petite île à la nage, et y examina l'épave d'un vieux bateau, probablement échoué là pendant la tempête.

De toute évidence, Miss Thibault prenait grand plaisir à la baignade, cependant elle n'abusait pas des libertés que lui accordaient ses hôtes, et accomplissait son travail consciencieusement. Vers le milieu de la matinée, elle s'habilla et retourna à la maison, pour s'acquitter de ses tâches quotidiennes, en particulier pour mettre à jour le dossier médical de Roxanne. Cette dernière la regarda s'éloigner avec un certain mépris en commentant sur un ton acide et ironique sa rigueur et sa servilité. Sa conscience professionnelle faisait honneur à son employeur !

— Gilles a toujours été ainsi, déclara-t-elle à Valentine. Il a toujours pris très au sérieux son serment d'Hippocrate, même au tout début de sa carrière. La personnalité de ses patients ne l'a jamais réellement intéressé. Rien ne le passionne en dehors de l'étude, et du progrès de la recherche médicale. Plus d'une femme, parmi ses malades, a dû souffrir de cette sécheresse de cœur !

Valentine lui jeta un regard perçant. Pour une fiancée comblée par l'amour, Roxanne semblait encore nourrir une curieuse rancune envers Gilles. Ce ressentiment profondément enraciné en elle n'était pas près de s'effacer, Valentine n'avait jamais réellement compris son amie, et elle ressentit soudain un immense soulagement à l'idée que, bientôt, elles se verraient moins. Comment, en effet, supporter sans réagir violemment des critiques aussi désagréables à l'égard de l'homme qu'elle aimait ? La gentillesse et la tolérance de la jeune fille avaient des limites, et elle aurait fini par se fâcher avec Roxanne.

Celle-ci se rendit compte de l'effet produit sur sa compagne par ses remarques. Elle nota avec un sourire glacial l'expression sévère de son visage.

— Ma réflexion ne t'a pas plu, dirait-on ? lança-t-elle.

— Ce n'était guère un compliment ! Toi-même, tu n'as aucune pitié…

Le sourire de Roxanne se figea, et ses traits se durcirent.

— Je suis désolée, Val, répondit-elle, mais ton futur mari n'est vraiment pas mon idéal masculin. Il est insensible, totalement inhumain. D'ailleurs, pauvre malheureuse, tu ne tarderas pas à le découvrir quand tu seras mariée, si toutefois il t'épouse...

— S'il était tombé amoureux de toi il y a cinq ans, aurais-tu maintenant la même opinion de lui ? riposta Valentine, très calme.

Son attaque surprit Roxanne.

— Donc, tu connais toute l'histoire. Gilles t'a tout raconté, je suppose. Eh bien oui ! C'est un grief de plus contre lui. Cet homme plein de suffisance ne sait même pas se conduire en gentleman. Il a dû me décrire comme une femme complètement folle, n'est-ce pas ? Eperdument amoureuse de lui, prête aux pires intrigues pour le conquérir ! C'est vrai, j'ai cru l'aimer à une époque, mais il a réussi à me guérir de mes illusions !... Aux dépens de ma santé physique, d'ailleurs. En fait, à cause de lui, mon état a empiré. Il m'a abandonnée au moment où j'avais le plus besoin de son aide.

— Tu déformes complètement la vérité ! s'écria Valentine, toute tremblante de colère. Tu ne me convaincs absolument pas. Comment te croirais-je désormais, alors que tu fais tout pour me détourner de Gilles, pour me dresser contre lui ?... Pourtant, tu es au courant de nos projets de mariage. Toi-même, tu vas épouser Richard, que tu as traité si abominablement pendant des années !

Emportée par l'indignation, elle criait presque à présent :

— Si tu avais été moins stupide et égoïste, vous seriez tous deux mariés et heureux depuis longtemps, et tu n'aurais pas eu besoin du traitement médical de Gilles pour te déshabituer de tes habitudes malsaines.

Roxanne pâlit.

— Que veux-tu dire ?

— Inutile de te l'expliquer en détail, rétorqua Valentine. Tu sais parfaitement de quoi je parle.

Elle se leva, frémissante de rage, petite silhouette gracile dans son maillot de bain bleu. Comment Roxanne osait-elle porter atteinte à la réputation de

Gilles ? Désireuse avant tout de réparer cette offense contre l'homme qu'elle aimait, Valentine poursuivit :

— Si j'avais inspecté le contenu de ton sac à ton arrivée chez moi, j'aurais compris beaucoup de choses ! Depuis ta réapparition, tu as été insupportable, à *Bladon's Rock* particulièrement. Gilles a vraiment eu du mérite de daigner s'occuper de toi. Tu te crois absolument tout permis, et trouves parfaitement naturels les soins et l'affection dont on t'entoure. N'as-tu donc pas conscience des bouleversements que ta présence a amenés ? A cause de toi, Richard a rompu ses fiançailles avec Miss Jergensen. Pourtant, à mon avis, elle aurait été pour lui une épouse idéale, et l'aurait rendu bien plus heureux que toi. En outre, tu as essayé de détruire ma relation avec Gilles, dès l'instant où tu as soupçonné quelque chose entre nous. Tu as non seulement tenté de le discréditer à mes yeux, mais, en plus, tu as voulu utiliser Miss Thibault dans tes manigances diaboliques, et ternir ainsi son honneur. D'ailleurs, tes affirmations se sont révélées tout à fait incohérentes : tantôt ton infirmière te servait à démontrer que Gilles vivait dans la débauche, tantôt, au contraire, tu l'accusais d'austérité, d'ascétisme ! Simplement parce qu'il n'avait pas été subjugué par tes charmes !

Elle ramassa son sac de plage.

— Je te connais depuis des années, conclut-elle, et, à une époque, je t'aimais vraiment beaucoup. Néanmoins, je commence à me réjouir à la perspective de ne plus te voir... Bientôt, les circonstances nous sépareront... Tu vas partir en voyage, et cet éloignement m'enchante ! J'espère ne plus jamais te retrouver sur mon chemin !

— Tu oublies une chose ! lança Roxanne, les joues en feu, une lueur mauvaise dans le regard. Richard et Gilles sont d'excellents amis. Eux ne voudront certainement pas cesser de se fréquenter. Pourquoi sacrifieraient-ils leur amitié à cause de toi ?

— C'est toi qui briseras leur amitié ! Tu arriveras bien à distiller dans l'esprit de Richard ton poison contre Gilles !

— Au fait, où est donc Richard ? demanda soudain Roxanne.

Elle commença à scruter le rivage de l'île, puis la mer, claire et vide. Aucune trace de Richard...

— Je l'ai vu plonger, tout à l'heure. Mais où a-t-il donc disparu ?

Elle se leva, et fouilla de ses yeux perçants l'immensité ondoyante. Très loin vers l'horizon, un petit point sombre attira subitement son attention. Très agitée, elle pointa son index dans cette direction.

— C'est lui ! cria-t-elle. Comme il est loin ! Il est sûrement en difficulté. Sinon, il ne se serait pas autant éloigné. Il sait trop combien je suis vite anxieuse. D'ailleurs, pourquoi aurait-il dépassé la limite de l'île ? Mon Dieu ! Le courant l'emporte vers le large ! Il a peut-être une crampe !

Ce fut assez pour paniquer Valentine. Elle jeta son sac à terre, et se précipita vers l'eau. Elle courut dans les vagues, plongea, et se mit à nager vers le large, d'un mouvement vif et puissant.

Heureusement, elle avait ménagé ses forces ce matin-là, et était restée à s'amuser dans les vaguelettes du rivage. Son expérience lui avait servi de leçon, et elle n'osait plus s'aventurer trop loin. Maintenant, la vie de Richard dépendait peut-être des forces de la jeune fille. Allait-elle parvenir à le sauver ? Pouvait-elle réussir cet exploit ? Sûre d'elle, le corps frais et dispos, elle avançait avec des battements de jambes et de bras nets et réguliers.

Elle fendait l'eau dans un style parfait. Mais il n'y avait personne sur la plage pour l'admirer... sauf Roxanne, qui devait songer à bien autre chose... Celle-ci suivait d'un regard anxieux la petite tache sombre qui s'éloignait de plus en plus. Miss Thibault descendit lui apporter du thé et des biscuits. Quand elle la rejoignit,

Roxanne, l'air hagard et tourmenté, se tordait les mains d'angoisse et d'inquiétude.

Valentine avait perdu de vue le point minuscule vers lequel elle se dirigeait. Cependant, elle faisait confiance à son sens infaillible de l'orientation. Le soleil commençait à darder sur sa tête des rayons brûlants, puis, tout d'un coup, l'eau devint glaciale... Elle traversait sans doute un courant froid...

Ses bras minces et bronzés jetaient des éclaboussures scintillantes dans la lumière. Sa tête flottait comme un bouchon sur la crête des vagues, et parfois disparaissait dans un creux. Elle se retourna un instant vers la plage. Comme elle paraissait lointaine ! Elle aperçut Miss Thibault, debout, qui gesticulait, et, à côté d'elle, une silhouette bronzée qui plongea soudain dans la mer.

Un étourdissement saisit brusquement Valentine. L'éclat du soleil, le bleu intense du ciel, le miroitement de l'eau, tout se confondit. Elle commença à se demander si elle n'avait pas dévié de son cap. Où donc était son point de repère ? s'il avait complètement disparu, alors Richard s'était noyé...

Elle respira profondément, et cria le nom de Richard, plusieurs fois, au-dessus de la surface des eaux qui s'étendaient, tragiquement nues, à perte de vue. Quand, à bout de souffle, elle cessa d'appeler, aucune réponse ne lui parvint. Maintenant, Valentine se fatiguait rapidement ; la confusion de son esprit grandissait, et, tout à coup, une peur effroyable s'empara d'elle. Pourquoi s'était-elle autant éloignée du rivage ? Peut-être serait-il plus sage de rebrousser chemin ? Pourtant, il ne fallait pas abandonner Richard. L'horrible conversation avec Roxanne lui revint subitement à la mémoire. Valentine n'aurait jamais dû proférer de telles paroles...

A présent, Roxanne était au désespoir ! Richard était en difficulté. Valentine se devait de l'atteindre, de le sauver !

Mais l'épuisement la gagnait. Jamais elle ne parviendrait à rattraper le noyé. Elle essaya de faire la planche, pour reprendre haleine quelques secondes, et récupérer un peu. Les forces lui manquaient... Elle n'arriva même pas à se retourner sur le dos... De toute façon, de ce côté-ci de l'île, le courant ne lui laissait aucune chance. Déjà, il l'emportait... Et Valentine se rendit compte avec horreur de l'inutilité de sa lutte.

Elle eut la sensation d'être happée par un univers terrifiant. Le ciel et la mer confondus semblaient conjuguer leurs efforts pour l'engloutir dans un tourbillon, et, cette fois, Gilles n'était pas là pour lui porter secours. A force de se débattre, elle sentit une crampe lui paralyser la jambe. Elle agita frénétiquement les bras pour se maintenir à la surface, mais en vain... De plus en plus énormes, les vagues s'écrasaient sur son corps fatigué. A tout moment, les flots pouvaient la submerger, et l'attirer vers le fond...

Gilles... songea-t-elle, presque sereine et résignée. Ils se seraient connus si peu de temps ! Quels merveilleux moments ils avaient vécus ensemble ! Comme c'était étrange !... Leur première baignade avait été le point de départ de leur courte histoire. Et maintenant, la mer l'enlevait à lui. Auparavant, déjà, l'eau d'un fleuve les avait rapprochés, le jour où ils s'étaient rencontrés. Elle se remémora la vue de la Tamise, depuis la terrasse de l'appartement de Richard, à l'aube de cette nuit où il fêtait son départ pour le Brésil : les remorqueurs, les péniches, le lever du soleil, le rose et le jaune du ciel... Gilles lui avait dit : « Peut-être nous rencontrerons-nous un jour, à nouveau... Des coïncidences se produisent parfois... » Les paroles de Roxanne résonnèrent dans la tête de Valentine : « Il est froid, dur, inhumain... »

Roxanne avait finalement gagné. Mais elle s'était trompée en croyant apercevoir la tête de Richard à la surface de l'eau. Maintenant, Valentine s'en souvenait très bien : elle avait vu Richard gravir le petit sentier qui menait à *Bladon's Rock*. Il était remonté très peu de temps après Miss Thibault, et avait crié aux deux amies, par-dessus son épaule : « Je reviens tout de suite ! » Seulement, elles étaient bien trop absorbées par leur discussion pour y prêter attention...

Roxanne... songea rêveusement la jeune fille. Implacable, impardonnable Roxanne... Roxanne fatale !

Cependant, quelqu'un nageait à ses côtés et la tira brusquement de son hébétude. Elle se sentit saisie à bras-le-corps, puis perdit complètement conscience. Quand elle rouvrit les yeux, sur la plage, on lui massait doucement les jambes. Richard se séchait vigoureusement, sans un regard pour Roxanne. Froide et lointaine, à l'écart, celle-ci s'était enfermée dans un silence agressif. Comme elle semblait mal à l'aise... Rongée par le remords, peut-être ?

Valentine reconnut la silhouette de Miss Thibault, agenouillée auprès d'elle. L'infirmière déployait toute son énergie et toute sa science pour redonner un peu de vigueur aux membres glacés de la rescapée, et pour lui faire rejeter l'eau qu'elle avait avalée... Miss Thibault n'était d'ailleurs pas seule à l'entourer de ses soins. Gilles était là, dirigeant ses gestes, s'efforçant lui aussi de rendre vie à ce corps transi. Il était livide, comme s'il venait lui-même d'échapper à la noyade dans cette mer froide et impitoyable.

Effrayée de lire une si grande angoisse sur son visage, Valentine tendit la main pour le rassurer par une caresse. Mais elle fut prise soudain de violentes nausées.

Quelques instants plus tard, Gilles l'enveloppa dans un peignoir de bain, et la souleva dans ses bras. Miss Thibault les suivit.

— Laisse-moi la porter, Gilles, commanda Richard sur un ton impératif. Donne-la-moi. Tu es complètement ébranlé par le choc.

Cependant, Gilles refusa de se décharger de son fardeau. L'infirmière les devança, et se précipita à la maison pour préparer des bouillottes et rassurer

148

Mme Duffy sur le sort de la jeune fille. Valentine fut mise au lit ; en bas, dans la bibliothèque, Richard servit une bonne rasade de whisky à Gilles.

Roxanne revint seule de la plage, à pas lents.

— Sans toi, déclara Gilles à Richard d'un air effaré, elle serait morte.

— Naturellement, j'ai plongé immédiatement, répondit l'autre. J'ai l'habitude de ces courants, je sais m'y diriger. Mais Valentine ne doit plus s'y baigner seule à l'avenir. C'est trop dangereux. Elle a risqué sa vie.

Quand Roxanne entra, Gilles lui jeta un regard sans pitié. Un incroyable désir de vengeance le consumait, son sang bouillait dans ses veines. Et la haine que Roxanne avait pu éprouver envers lui n'était sûrement rien en comparaison de cette rage.

— Valentine ne reviendra jamais plus à *Bladon's Rock,* décréta-t-il. Jamais plus. Je l'emmène aujourd'hui même. Pour toujours.

Cependant, Richard persuada son ami de changer d'avis, et Valentine le pressa également de revenir sur sa décision.

Dès qu'elle se sentit mieux, bien au chaud dans son lit, réconfortée par la présence de Gilles, elle s'efforça de le calmer un peu et d'apaiser ses inquiétudes. Elle le cajola, lui caressa tendrement le visage pour tenter d'en effacer le pli sombre qui barrait son front. L'expression sinistre de Gilles l'effrayait...

— Si nous partons aussi rapidement, expliqua-t-elle, Richard se sentira affreusement coupable. Et lui n'est pas responsable : il m'a sauvée d'une mort certaine.

— Je sais. Je ne l'oublierai jamais...

Pour tempérer la dureté de sa voix, il se pencha vers la jeune fille, et lui lissa doucement les cheveux. Elle vit toutefois sa gorge se contracter.

— Je suis parfaitement conscient de la situation, reprit-il. Sans Richard, vous ne seriez plus là ! Je lui en serai éternellement reconnaissant.

Valentine l'attira à elle, et déposa un tendre baiser sur ses paupières.

— Je ne devais pas me noyer, le destin en avait décidé autrement... N'y pensez plus ! Songez au contraire à tout le bonheur de cette journée ! Votre arrivée, d'abord... Et la chance incroyable que j'ai eue ! Les réflexes de Miss Thibault ont été étonnants ! Quelle rapidité ! Elle a eu la présence d'esprit d'aller chercher Richard, car il est bien meilleur nageur qu'elle. Et puis, si elle avait épuisé ses forces à me ramener sur la plage, elle n'aurait pas été capable de vous seconder aussi admirablement... Roxanne...

— Ne me parlez pas de Roxanne, interrompit-il brutalement. Cette femme perfide a voulu vous noyer, sciemment ! Richard ne courait aucun danger, elle le savait parfaitement. Elle vous a envoyée vous perdre dans ces eaux dangereuses, en souhaitant vous y voir mourir.

Effarée, Valentine ne pouvait y croire.

— Mais... ce n'est pas possible ! Roxanne n'est pas... une meurtrière ! Même si elle a inventé cette histoire dans l'intention de me tuer, elle a dû agir sous le coup d'une impulsion. Elle n'a pas l'âme d'un assassin !

— Je l'ignore, répondit-il d'une voix cinglante. Je suis pourtant sûr d'une chose : si Richard l'épouse, il le regrettera. En tout cas, c'est son affaire. Il est libre. Quant à moi, je refuse de vous laisser ici, entre les griffes de cette femme. Je vous emmène.

— Quand ? Pas aujourd'hui ?

— Demain au plus tard. Nous irons dans mon appartement de Londres. S'il vous faut un chaperon, je demanderai à ma vieille tante de s'installer avec nous pour quelque temps ! Pas très longtemps, d'ailleurs, car j'ai l'intention de mettre très rapidement un terme à mon célibat, murmura-t-il en déposant un baiser sur la main de la jeune fille. Je vais m'occuper immédiatement des formalités de notre mariage.

— M'autorisez-vous à voir Roxanne avant notre départ ? Elle veut me parler, d'après Miss Thibault.

— Avez-vous envie de la voir ? demanda-t-il, le visage crispé.

— Oui. Je m'inquiète pour elle... et pour Richard. Que vont-ils devenir ? Richard doit être très malheureux.

— C'était moi le plus à plaindre, ce matin, remarqua

Gilles d'un air amer. Si vous insistez, je ne m'opposerai pas à cette entrevue. Mais je tiens à rester tout près, dans le couloir. Si elle cherche encore à vous faire du mal, appelez-moi !

Quand Roxanne pénétra dans la chambre, elle avait perdu sa belle assurance. Son visage n'exprimait aucun remords, mais ses yeux la trahissaient... Elle semblait terrorisée.

Valentine devinait bien pourquoi. Rien ne prouvait qu'elle avait délibérément envoyé la jeune fille au-devant de la mort. Elle pouvait toujours prétexter s'être trompée de bonne foi, et avoir réellement cru Richard en difficulté... Mais celui-ci la soupçonnerait toujours du pire. Ne l'avait-elle pas vu repartir vers la maison ?... Ulcérée, Roxanne avait été emportée par la force de son ressentiment, et avait cédé à la folle tentation de se débarrasser de son amie d'enfance. Dominée par son désir de vengeance, elle avait voulu faire souffrir Gilles, le blesser cruellement dans ce qu'il avait de plus cher.

Assise près de la fenêtre dans un fauteuil, très pâle, Valentine observait Roxanne.

— Tu me méprises, n'est-ce pas ? commença celle-ci en se laissant tomber sur une chaise. Gilles meurt d'envie de m'enfermer dans un asile de fous, je ne l'ignore pas. Pourtant je ne suis pas folle. Je suis très lucide, au contraire. Je ne me drogue plus.

— Je sais, rétorqua calmement Valentine. Et quand tu seras mariée avec Richard, tu ne courras plus le danger de retomber dans ces terribles habitudes.

— Richard voudra-t-il encore de moi, à présent ? demanda sa compagne avec désespoir.

Valentine marqua un temps de réflexion.

— Oui, je le crois, répondit-elle enfin, tout à fait sincèrement. Il est très seul ; sa fortune ne suffit pas à faire son bonheur. Et il est tellement attaché à toi. Si tu acceptais de consacrer le reste de tes jours à l'aimer, à réparer le mal...

Soudain, une lueur d'espoir s'alluma dans les yeux de Roxanne, et ses joues reprirent quelques couleurs.

— Il ne m'a pas parlé de rupture, déclara-t-elle. Je suis prête à me racheter. J'expierai pour mes fautes passées avec humilité. Je ne suis pas si mauvaise... Mais, franchement, tout n'était pas entièrement de ma faute. J'ai rendu Richard malheureux pendant de longues années, je le reconnais. Cependant, s'il avait été moins indulgent avec moi, plus autoritaire, je me serais soumise avec joie à sa volonté. J'étais une jeune écervelée à l'époque ; j'avais besoin d'un homme fort, d'un maître, pour me rassurer et me guider. Richard a été trop faible avec moi. S'il avait su s'imposer à moi, je serais la maîtresse de *Bladon's Rock* depuis longtemps, et tu n'aurais pas été si près de mourir.

Valentine lui tendit la main, mais Roxanne ne répondit pas à son geste.

— Promets-moi de te fixer ici, d'être enfin heureuse, implora Valentine. Et je te donne ma parole d'oublier l'incident d'aujourd'hui. Un jour, pas trop lointain j'espère, Gilles aussi te pardonnera. Nous reviendrons à *Bladon's Rock* vous rendre visite, Gilles et moi, et notre vieille amitié renaîtra.

Subitement, Roxanne rejeta la tête en arrière, et se mit à rire... Quand elle regarda à nouveau Valentine, son expression était complètement changée. Pour la première fois depuis des années, la jeune fille crut enfin retrouver la Roxanne de son adolescence, gaie, chaleureuse, sensible. L'air ému, Roxanne se leva pour embrasser sa compagne.

Puis elle retourna s'asseoir, calmement.

— J'essaierai de bien me conduire, à l'avenir, jura-t-elle. Je serai plus attentive aux autres, et ne leur infligerai plus les extravagances de ma nature capricieuse et égoïste ! Je te remercie beaucoup, ma chérie, de ta générosité. Tu m'as si gentiment accueillie chez toi, et tellement gâtée !

En s'en allant, elle agita la main en signe d'adieu. Le diamant de Richard brillait à son doigt...

— Je t'envoie Gilles, dit-elle. Il sera rassuré de te retrouver entière !

Puis elle disparut dans le couloir. Gilles entra d'un pas décidé, et serra Valentine contre son cœur.

— Les gens sont comme des navires qui se croisent dans la nuit... lui rappela-t-il. Roxanne s'éloigne de nous. Mais nous la retrouverons sûrement un jour sur notre route...

— Richard aussi, affirma Valentine d'une voix forte. Ils voyageront ensemble, désormais, comme nous...

Les Prénoms Harlequin

VALENTINE

fête : 25 juillet   couleur : bleu

Le lys, végétal totem de celle qui porte ce prénom, est un symbole de beauté et de pureté. Rien de surprenant à ce qu'elle possède une âme sensible et raffinée, en quête perpétuelle d'un idéal élevé. Passionnée par l'art, elle ne néglige pas pour autant ses amis, et sa loyauté lui vaut la sympathie et l'affection de tous…

Valentine Shaw a pourtant bien du mal à se retrouver dans ses propres sentiments, mais son cœur, lui, a déjà choisi…

Les Prénoms Harlequin

GILLES

fête : 1 septembre   couleur : vert

Le sanglier, *son animal totem, est un solitaire, tout comme celui qui porte ce prénom.
A la fois renfermé et tourné vers les autres,
c'est un être redoutable dans sa détermina-
tion à aller au fond des choses. Et il vaut bien
mieux s'écarter de son chemin car lui n'en
déviera jamais, quitte à piétiner les impor-
tuns sur son passage !*

*Même si elle semble être éprise d'un autre,
Gilles Lemoine ne doute pas un instant qu'il
parviendra à conquérir Valentine…*

Harlequin Romantique

...la grande aventure de l'amour!

Ne manquez plus un seul
de vos romans préférés:
**abonnez-vous et recevez en
CADEAU quatre romans gratuits!**

Éternelle jeunesse du roman d'amour!

On a l'âge de son esprit, dit-on. Avez-vous jamais songé à vérifier ce dicton?

Des romancières célèbres telles que Violet Winspear, Anne Weale, Essie Summers, Elizabeth Hunter… s'inspirant du vrai roman d'amour traditionnel, mettent en scène pour votre plus grand plaisir héros et héroïnes attachants, dans des cadres romantiques qui vous transporteront dans un monde nouveau, hors de la grisaille du quotidien. En partageant leurs aventures passionnantes, vous oublierez soucis et chagrins, vous revivrez les émotions, les joies…la splendeur…de l'amour vrai.

Six romans par mois…chez vous…sans frais supplémentaires…et les quatre premiers sont gratuits!

Vous pouvez maintenant recevoir, sans sortir de chez vous, les six nouveaux titres HARLEQUIN ROMANTIQUE que nous publions chaque mois.

Et n'oubliez pas que les 6 vous sont proposés au bas prix de $1.75 chacun, sans aucun frais de port ou de manutention. Pour vous assurer de ne pas manquer un seul de vos romans préférés, remplissez et postez dès aujourd'hui le coupon-réponse suivant: